Rodman Philbrick

Freak

Aus dem Amerikanischen
von Werner Schmitz

Illustrationen von L. Ghepetto

Ravensburger Buchverlag

Als Ravensburger Taschenbuch
Band 58147
erschienen 2001

Die Originalausgabe erschien 1993
unter dem Titel „Freak the Mighty"
© 1993 by Rodman Philbrick
All rights reserved.
Published by arrangement with
Scholastic Inc., 555 Broadway, New York,
NY 10012 USA

Die deutsche Erstausgabe erschien
1998 in der Ravensburger Jungen Reihe im
Ravensburger Buchverlag Otto Maier GmbH

Umschlagfoto: © 1997 Miramax Films

**Alle Rechte dieser Ausgabe
vorbehalten durch
Ravensburger Buchverlag
Otto Maier GmbH**

Printed in Germany

10 11 12 13 14   13 12 11 10

ISBN 978-3-473-58147-4

www.ravensburger.de

Rodman Philbrick

Freak

Rodman Philbrick wurde 1951 in Boston geboren. Er ist in den USA bekannt als Verfasser von über zwölf Romanen für Erwachsene, von vielen Kurzgeschichten, Artikeln und Besprechungen. „Freak" ist sein erster Roman für Jugendliche und wurde verfilmt.

GEWIDMET
DEM ECHTEN KEVIN
UND
DER ECHTEN GWEN

KAPITEL 1

DIE UNBEZWUNGENE WAHRHEIT

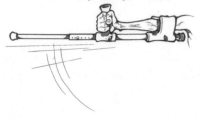

Ich hatte nie ein Gehirn, bis Freak auftauchte und mir seins für eine Weile überließ, und das ist die Wahrheit, die volle Wahrheit. Die unbezwungene Wahrheit, wie Freak das genannt hätte, und eine Zeit lang hat er das Reden für mich übernommen. Ich selbst hatte bis dahin eigentlich nur mit Fäusten und Füßen geredet, bevor wir dann Freak der Starke wurden, Drachen und Narren töteten und hoch zu Ross ritten.

Früher – im Kindergarten, es war das Jahr, in dem Gram und Grim mich übernahmen – nannten sie mich Kicker, weil ich nach jedem trat, der es wagte mich anzurühren. Und die Leute versuchten damals *dauernd*, mich zu umarmen, als ob das eine Medizin wäre, die ich nötig gehabt hätte.

Gram und Grim, die guten Leutchen, waren die Eltern meiner Mutter, und sie dachten sich: Hey! Am besten stecken wir den Rotzlöffel mit anderen Rotzlöffeln in seinem Alter zusammen, vielleicht ist das richtig gut für seinen Charakter.

Ja, von wegen! Stattdessen erfand ich Spiele wie Kickboxen und Knietreten und Fressetreten und Lehrertreten und Alle-anderen-Kinder-Treten, denn ich wusste nur zu gut, was für eine faule Lüge diese ganze Umarmerei war. Und wie genau ich das wusste!

In diesem Jahr der verlogenen Umarmungen bekam ich Freak zum ersten Mal zu sehen. Er hat damals nicht viel anders ausgesehen als später, schließlich waren wir ja alle noch ziemlich klein. Aber er war nicht jeden Tag bei uns im Spielzimmer, nur ab und zu ist er da aufgetaucht. In meiner Erinnerung sah er irgendwie fies aus. Später hat Freak selbst mir dann erklärt, dass Erinnerungen nur Bilder im Kopf sind, und dass man sich mit etwas Mühe an alles Mögliche erinnern kann, egal, ob es wirklich passiert ist oder nicht.

Vielleicht war er also im Kindergarten gar nicht so fies, obwohl ich mir ziemlich sicher bin, dass er einmal mit seiner Krücke auf ein Kind losgegangen ist und es ordentlich durchgeprügelt hat. Aber aus irgendeinem Grund hat der kleine Kicker niemals den kleinen Freak getreten.

Vielleicht haben mich seine Krücken davon abgehalten, ihn zu schlagen. Mann, diese Krücken waren cool. Ich wollte selbst welche haben. Und eines Tages tauchte der kleine Freak mit diesen glänzenden Stützschienen auf, Metallröhren, die ihm an die krummen Beinchen geschnallt waren und bis zu den Hüften reichten. Hey, die fand ich sogar noch cooler als die Krücken.

»Ich bin Robot-Man«, sagte der kleine Freak und machte komische Robotergeräusche, als er auf dem Spielplatz herumhumpelte. *Rrrr … rrrr … rrrr …* als ob er Motoren in den Beinen hätte, *rrrrr … rrrr … rrrr,* und wie er einen dabei ansah, komm mir bloß nicht zu nahe, Mann, vielleicht habe ich ja eine Laserkanone in diesen Beinschienen versteckt, mit der ich dich durchlöchern kann. Keine Frage, Freak, kaum einen halben Meter groß, hatte es schon damals mit Robotern und wusste genau, was er wollte.

Dann habe ich Freak lange Zeit nicht mehr gesehen, eines Tages ist er einfach nicht mehr ins Heim gekommen, und dann, da muss ich in der dritten Klasse oder so gewesen sein, erinnere ich mich an so ein dunkelblondes Kerlchen, das auf so einem Krüppelwagen hockt und mich finster von unten anstarrt. Mann, dem kamen richtige Todesstrahlen aus den Augen, und ich denke, hey, das ist er, der Robot-Junge, und das war schon irre, weil ich ihn völlig vergessen hatte, der Kindergarten war bei mir längst abgehakt, und seit Ewigkeiten hatte mich keiner mehr Kicker genannt.

Mad Max nannte man mich jetzt, oder Max Factor, und dieser eine Blödmann in der Förderklasse nannte mich Maxi Pad, bis ich es ihm dann ausgeredet habe. Gram und Grim nannten mich aber immer Maxwell, das soll angeblich mein richtiger Name sein, und den habe ich manchmal am meisten gehasst. Maxwell, würg.

Eines Abends nach dem Essen flüstern Grim und Gram in der Küche miteinander; er fragt sie, ob sie schon gemerkt habe, wie sehr Maxwell *ihm* jetzt schon ähnlich sei? So hat er immer von meinem Vater geredet, der seine liebe verstorbene Tochter geheiratet und mit ihr, pfui Spinne, diesen Maxwell gezeugt hatte. Grim nennt meinen Vater niemals beim Namen, er sagt immer nur *er*, als ob ihm der Name irgendwie unheimlich ist.

9

Und Maxwell ist ihm nicht nur äußerlich ähnlich, sagt Grim an diesem Abend in der Küche, der Junge ist auch *sonst* wie *er*, wir sollten uns vorsehen, man kann nie wissen, was er anstellt, während wir schlafen. Wie damals sein Vater. Und Gram macht gleich Pst!, und sagt, so was darfst du niemals aussprechen, denn kleine Söhne haben große Ohren, und da laufe ich gleich zum Spiegel und sehe nach, ob es meine großen Ohren sind, die mich *ihm* so ähnlich machen.

Ganz schön blöd, wie?

Na ja, ich war tatsächlich blöd, denn wie gesagt, ich hatte nie ein Gehirn, bis Freak bei uns in der Straße einzog. Das war im Sommer vor der achten Klasse. In diesem Sommer bin ich so schnell gewachsen, dass Grim einmal sagte, am besten lassen wir den Jungen barfuß gehen, der sprengt uns ja alle Schuhe. In diesem Barfußsommer bin ich oft hingefallen, und vor allem ist der verrückte Robot-Junge mit dem irren bösen Blick in ein Doppelhaus bei uns in der Straße gezogen, zusammen mit seiner Mutter, der schönen Gwen.

Nur ein Idiot, der dauernd hinfällt, kann auf die Idee kommen, dass das ihr richtiger Name ist, stimmt's?

Wie gesagt.

Passt ihr auch gut auf? Denn bis jetzt wisst ihr ja noch gar nicht, wie wir Freak der Starke geworden sind. Und das war ganz schön cool, auch wenn ich das selbst sage.

KAPITEL 2

AUS DER UNTERWELT

In dem Sommer, wartet mal, wohne ich immer noch im Keller, in meiner privaten Unterwelt, in dem kleinen Zimmer, das Grim mir dort eingerichtet hat. So billiges Zeug an die Kellerwände geklebt, das auf dem Beton nicht richtig haftet und Wellen schlägt; aber meckere ich über diese schäbige Wandverkleidung oder über den Teppich, der mieft wie Ebbe? Nein, tu ich nicht. Weil es mir in der Unterwelt *gefällt*, weil ich das Ganze für mich allein habe und nicht befürchten muss, dass Gram irgendwann ihren Kopf durch die Tür steckt und mich fragt: Maxwell, Junge, geht's dir auch *guhut*?

Nicht dass ich irgendwelche dummen Sachen anstelle. Grim hat es sich in den Kopf gesetzt, dass ich in einem gefährlichen Alter bin und sie mich dauernd im Auge behalten müssten. Als ob ich Bomben basteln oder Feuer legen könnte. Oder mit meiner bewährten Schleuder die Haustiere der Nachbarn abschießen oder so was – dabei *hatte* ich nie eine Schleuder, Grim war's, der in meinem Alter eine hatte. Der Beweis findet sich im Fotoalbum der

11

Familie. Da gibt's ein unscharfes Bild von Grim, noch winzig klein und ohne Vorderzähne, wie er in die Kamera grinst und grade so eine prähistorische Schleuder spannt. Kann man vielleicht brauchen, wenn man Mastodons abschießen will. »Nur anständige Ziele«, sagt Grim und klappt das Fotoalbum zu. Ende der Diskussion. Als ob er denkt, huch, Beweismaterial, lieber verstecken. Will den gefährlichen Jungen gar nicht erst auf irgendwelche Ideen bringen.

Nicht dass ich irgendwelche Ideen *habe*. Mein Gehirn ist leer, okay? Ich bin bloß ein Rotzlöffel, der sich im Keller verkriecht und über seinen Comics sabbert. Na schön, ich sabbere nicht direkt, aber ihr versteht schon.

Jedenfalls haben wir den ersten Tag im Juli, der Countdown zum vierten läuft schon, und ich frage mich, wo ich eine M80 herkriegen kann, die angeblich ungefähr so viel Sprengkraft hat wie eine Viertelstange Dynamit, und wenn sie losgeht, bleibt einem für eine Mikrosekunde das Herz stehen, *wamm*. Und davor hat Grim wahrscheinlich eine Heidenangst. Hilfe, Hilfe, Maxwell ist mit Dynamit bewaffnet.

Irgendwann wird's mir dann in der Unterwelt zu langweilig und ich bin im so genannten Garten, was man so das Paradies der kleinen Leute nennt, mit Maschendrahtzaun. Grim hat so einen blöden kleinen Rasenmäher im Schuppen, aber was will er damit auf dem nackten Erdboden? Jedenfalls hänge ich da so rum und plötzlich seh ich den Umzugswagen. Nicht von einer dieser üblichen bekannten Firmen, sondern bloß so eine billige Klitsche hier aus der Gegend. Bärtige Fettsäcke in verschwitzten Unterhemden schleppen Möbel in die Doppelhaushälfte, die schon leer steht, seit der Fixer, der dort gewohnt hat, letzte Weihnachten eingebuchtet worden ist.

Als Erstes denke ich, der Fixer ist zurück, aus dem Knast entlassen oder was weiß ich, und jetzt bringt er seine Sachen wieder rein. Und dann sehe ich die schöne Gwen. Nicht, dass ich da schon ihren Namen wusste, das kam erst ein Weilchen später. Zuerst sehe ich sie nur ganz kurz, wie sie vom Wagen zur Haustür geht und mit den Bärten redet. Ich denke, *hey, die kenn ich doch*, und dann denke ich, *unmöglich, Blödmann, so eine schöne Frau kannst du unmöglich kennen.*

Irgendwie sieht sie aus wie ein Filmstar. Trägt alte Jeans und ein weites T-Shirt, die langen Haare hat sie nach hinten gebunden und wahrscheinlich schwitzt sie, aber *trotzdem* sieht sie aus wie ein Filmstar. Als ob ihr dauernd ein Scheinwerfer folgen und ihre Augen zum Leuchten bringen würde.

Und ich denke, na, *das* ist aber mal eine Verschönerung bei uns in der Straße. Und ihr denkt jetzt, also echt, der Idiot ist kaum aus der siebten Klasse raus, wofür hält der sich? Dazu sage ich nur, die schöne Gwen hatte wirklich Starformat, das kann sogar ein Schwachsinniger erkennen. Und dass sie mir bekannt vorkommt, nun, ich muss sie damals gesehen haben, im finsteren Mittelalter, als sie Freak in den Kindergarten gebracht hat, denn als Nächstes sehe ich diesen verkrüppelten Zwerg auf dem Bürgersteig rummachen und den Bärten Befehle geben.

Etwa so: »Hey, du Depp! Ja, du da mit den Haaren im Gesicht, pass bloß mit dieser Kiste auf. Da ist ein Computer drin, falls du überhaupt weißt, was ein Computer ist.«

Ich kann's nicht glauben. Inzwischen bin ich auf der Straße und schleiche mich näher ran, und dann sehe ich diesen unheimlich aussehenden kleinen Kerl genauer: Sein Kopf ist von normaler Größe, aber der Rest ist kürzer als ein Meter und irgendwie so verdreht, dass er nicht aufrecht stehen kann und die Brust weit nach vorne gewölbt ist. Und da fuchtelt er also mit seinen Krücken herum und schnauzt die Möbelpacker an.

»Hey, Gwen«, sagt einer von den Bärten, »können Sie dem Kind nicht mal 'ne Pille geben oder so was? Der macht uns noch wahnsinnig.«

Also kommt Gwen aus dem Haus, streicht sich die Haare aus den großen braunen Augen und sagt: »Kevin, geh im Garten spielen, okay?«

»Aber mein Computer.«

»Deinem Computer passiert schon nichts. Lass die Männer in Ruhe! Bald sind sie fertig, und dann können wir zu Mittag essen.«

Inzwischen schlendere ich vor dem Haus herum, und zwar so lässig wie möglich, nur dass, wie gesagt, meine Füße in diesem Jahr verrückt spielen und ich dauernd über irgendwelche Sachen stolpere. Risse im Bürgersteig, Ameisen auf dem Bürgersteig, Schatten, alles.

Plötzlich dreht sich der komische Zwerg um, sieht mich, hebt eine Krücke, zielt damit auf mein Herz und sagt: »Identifiziere dich, Erdling!«

Ich habe die ganze Zeit nur meine Füße im Kopf, damit ich nicht stolpere, und kriege gar nicht mit, dass er mich meint.

»Ich habe gesagt, identifiziere dich, Erdling, oder du musst die Folgen tragen!«

Ich denke bloß, *hä*? Und bevor ich entscheiden kann, ob ich ihm meinen Namen sage oder nicht, oder *welchen* Namen, denn inzwischen weiß ich, das ist der komische kleine Robot-Man aus dem Kindergarten, und vielleicht erinnert er sich, dass ich damals Kicker hieß, jedenfalls bevor ich ein Wort sagen kann, drückt er auf den Abzug an seiner Krücke, macht so ein Schussgeräusch und sagt: »Dann stirb, Erdling, stirb!«

Ich sage gar nichts, sondern verziehe mich bloß. Weil ich mir ziemlich sicher bin, der meint das ernst. Und das liegt nicht nur daran, wie er mit der Krücke auf mich zielt. Ihr solltet mal seine Augen sehen. Mann, der Zwerg hasst mich, und wie.

Er will *wirklich* meinen Tod.

KAPITEL 3

IM WAGGON

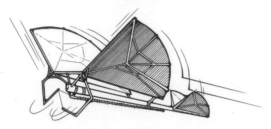

Okay, also zurück in die Unterwelt. Mein Zimmer im Keller. Zisch ab in deinen dunklen Bau, Maxwell, Junge. So ein Riesenross wie du, wächst täglich zwei Finger breit, und lässt dir von diesem Zwerg, von diesem krüppligen Humanoiden doch tatsächlich Angst machen. Aber nicht die Angst, wo man weiche Knie kriegt, sondern eher die Angst, wo man sagt, he, versteh ich nicht, kapier ich nicht, was war *das* denn?

Zum Beispiel, dass er mich »Erdling« genannt hat. Das ist doch wohl ziemlich schräg, oder? Ich habe ja schon ein paar meiner früheren Namen erwähnt, aber der Robot-Junge war der Erste, der mich *Erdling* genannt hat, und jetzt liege ich auf der Matratze in meiner tollen Unterwelt und denke plötzlich, ja, er hat Recht, ich *bin* ein Erdling, wir alle sind Erdlinge, nur dass wir uns nicht gegenseitig so anreden. Wäre ja auch überflüssig. Schließlich sind wir in diesem Land ja auch alle Amerikaner, aber trotzdem sprechen wir uns nicht so an: »Entschuldigen Sie, Amerikaner, wissen Sie, wo die nächste Frittenbude ist?«

Als ich so im Dunkeln liege und darüber nachdenke, wird die Unterwelt irgendwie immer kleiner, als ob die Wände zusammenschrumpfen, also steige ich über die Kellertreppe in den Garten und suche mir ein Plätzchen, wo ich die Sache abchecken kann.

Hinter dem Haus, in dem Freak jetzt wohnt, ist so ein kleiner dürrer Baum. Praktisch bloß ein Stock im Boden, nur hier und da ein paar schlappe Zweige dran. Und da steht er, kaum größer als damals im Kindergarten, und fuchtelt immer wieder mit seiner Krücke zu dem Bäumchen rauf.

Um einen besseren Überblick zu kriegen, schiebe ich mich an den Maschendrahtzaun ran. Was *macht* er da, wieso haut er auf das dünne Stämmchen ein? Versucht hochzuspringen und mit der kleinen Krücke an diesen Zweig zu schlagen, hoppelt da rum wie ein Verrückter. Dabei kann er gar nicht springen, macht bloß so eine Bewegung, als ob er springen würde, aber seine Füße kommen nicht vom Boden hoch.

Und dann schmeißt er die Krücke hin und krabbelt auf Händen und Knien zu seinem Haus zurück. Wenn man's nicht besser wüsste, könnte man meinen, er wäre noch im Kindergarten und hätte vergessen, wie man geht, so klein ist er. Und er krabbelt richtig gut, besser als er geht. Und gleich darauf zieht er so einen Waggon unter der Treppe vor.

Ein rostiges rotes Ding, eins von diesen großen alten Eisenbahnmodellen. Jedenfalls zieht der kleine Freak es hinter sich her, immer nur zentimeterweise, aber immerhin, und schließlich hat er es unter den Baum bugsiert. Dann nimmt er seine Krücke, klettert auf den Wagen, richtet sich auf und fängt wieder an auf den Baum einzuschlagen.

Inzwischen ist mir klar, dass da was in den Zweigen steckt und er es runterholen will. So ein kleines buntes Ding, sieht aus wie ein Stück zusammengefaltetes Papier. Was auch immer das sein mag, er will dieses Papierding unbedingt haben, aber auch mit dem Waggon kann er da unmöglich rankommen. Unmöglich.

Also gehe ich rüber zu ihm in den Garten, versuche ganz leise zu sein, aber ich bin nicht gut im Anschleichen, nicht mit diesen Quadratlatschen, und er dreht sich um und hebt die Krücke nach mir, als ob er mir voll eins über den Schädel ziehen will.

Er will etwas sagen, das kann man ihm ansehen, aber er ist so wütend, dass er jeden Augenblick platzen muss, und er gibt Geräusche von sich wie ein Hund oder so was, oder als ob er keine Luft mehr kriegt.

Ich halte mich außer Reichweite seiner Krücke, greife einfach nach oben und pflücke dieses bunte Papierding aus dem Baum. Nur dass es nicht aus Papier ist. Es ist ein Plastikvogel, federleicht und so zerbrechlich, dass ich ihn ganz vorsichtig anfassen muss, damit er auch ja nicht kaputtgeht.

Ich sage: »Willst du das zurück oder was?«

Der kleine Freak glotzt mich mit großen Augen an und sagt: »Oh, es spricht.«

Ich gebe ihm den Vogel. »Ist das so 'ne Art Modellflugzeug oder was?«

Man kann sehen, er freut sich wirklich, dass er den Vogel zurückhat, sein Gesicht ist nicht mehr ganz so böse. Er setzt sich in dem Wagen hin und sagt: »Das ist ein Ornithopter. Ein Ornithopter wird definiert als experimentelles Gerät, das durch Flügelschlag angetrieben wird. Man könnte auch sagen, Ornithopter ist ein starkes Wort für mechanischer Vogel.«

Genauso hat er geredet, wie ein Wörterbuch. So was von schlau, es war kaum zu glauben. Und beim Reden zieht er den Vogel auf, da ist nämlich ein Gummi drin, und dann sagt er: »Sieh hin und staune, Erdling«, und dann lässt er das Ding los, und wisst ihr was? Ich staune tatsächlich, denn es fliegt wirklich wie ein Vogel, flattert rauf und runter und im Kreis herum, und so hoch, dass ich nicht rankomme.

Ich renne hinter dem Ding her, bis es an den dürren Baumstamm knallt, und bringe es ihm zurück; er zieht es wieder auf und lässt es fliegen. Das machen wir ziemlich lange, so ungefähr eine Stunde lang, bis schließlich der Gummi reißt. Ich denke, das war's, Schluss mit Ornithopter, aber er sagt bloß: »Alle mechanischen Gegenstände müssen regelmäßig gewartet werden. Wir installieren ein neues Triebwerk, sobald die schöne Gwen für Ersatz gesorgt hat.«

Ich weiß zwar nicht genau, was er damit meint, sage aber: »Echt cool.«

»Du wohnst hier in der Gegend, Erdling?«

»Da drüben.« Ich zeige zum Haus. »In der Unterwelt.«

Er sagt: »Was?«, und weil ich es einfacher finde, es ihm vorzuführen, als die ganze Sache mit Gram und Grim und dem Kellerzimmer zu erklären, nehme ich den Griff des Eisenbahnwaggons und ziehe ihn rüber.

Das geht ganz leicht, er wiegt ja nicht viel, und ich meine mich zu erinnern, dass ich mich nach ihm umdrehe und ihn aufrecht und so richtig glücklich dasitzen sehe, als ob ihm die Fahrt großen Spaß macht und es ihm kein bisschen peinlich ist, von mir gezogen zu werden.

Aber wie Freak später in diesem Buch noch sagen wird, man kann sich an alles Mögliche erinnern, egal, ob es passiert ist oder nicht. Ganz sicher bin ich mir jedenfalls, dass er mich nicht mit der Krücke geschlagen hat.

Kapitel 4

DIE SCHÖNE GWEN KRIEGT EINEN SCHRECK

Freak ist noch keine zehn Minuten in meinem Zimmer, da hat er mich schon über die schöne Gwen aufgeklärt. Er schafft es, die Treppe allein runterzuhumpeln, kommt aber dabei ziemlich aus der Puste, man hört ihn schnaufen, oder nennt man das hecheln? Hört sich jedenfalls an wie ein Hund an einem heißen Tag.

Er kommt langsam in mein Zimmer, ich klappe die Falltür zu, und er sagt: »Cool. Wohnst du echt ganz allein hier unten?«

»Ich esse oben bei Grim und Gram.«

Freak stemmt sich aufs Fußende meines Betts und nimmt ein Kissen, um es sich bequem zu machen. Es ist ganz schön düster hier unten, nur durch ein Kellerfenster kommt Licht herein, aber das fällt genau auf ihn und lässt seine Augen leuchten. »Gram ist bestimmt deine Großmutter«, sagt er. »Grim dürfte ein Epitheton deines Großvaters sein, wahrscheinlich wegen seines verhaltenen Verhaltens.«

Ich sage: »Hä?«

Freak grinst und schiebt sich die blonden Haare aus dem Gesicht. »Entschuldige mein Vokabular. Epitheton bedeutet ›Spitzname‹, und verhaltenes Verhalten bedeutet ›finsteres Gesicht‹. Ich habe lediglich postuliert, dass du deinen Großvater ›Grim‹ nennst, weil er immer grimmig dreinschaut. Postulieren bedeutet …«

»Weiß ich doch«, sage ich. Das ist zwar gelogen, aber ich kann mir denken, was es bedeutet, nämlich vermuten oder so was. »Und warum nennst du deine Mutter ›die schöne Gwen‹? Ist das auch ein Spitzname?«

Freak schüttelt den Kopf. Ich kann sehen, er versucht sich nicht anmerken zu lassen, dass er in sich reinlacht. »Guinevere«, sagt er schließlich und holt erst mal Luft. »Die schöne Fee Guinevere aus der Artussage. Du kennst doch wohl König Artus?«

Ich zucke die Schultern. Der einzige König Artus, den ich kenne, ist die Mehlsorte, die Gram zum Backen nimmt, aber wenn ich *das* sage, höre ich mich *wirklich* wie ein Blödmann an.

Er sagt: »Meine Mutter heißt Gwen, also nenne ich sie manchmal die schöne Fee Guinevere oder die schöne Gwen. König Artus war der erste König von England, damals, als es noch Drachen und Ungeheuer auf der Welt gab. Artus war ein Waisenkind, klein und schwächlich, und dann gab es da so ein Zauberschwert, das hat in einem großen Stein gesteckt, okay? Der alte König war gestorben, und wer das Schwert aus dem Stein ziehen konnte, bewies damit, dass er der nächste König war. Und dann kamen von überall her große, starke Kerle an und rissen an dem Schwert herum, aber keiner kriegte es raus. Eines Tages, als mal keiner hinsah, versuchte es dieser kleine Schwächling auch, und siehe da, es ging wie geschmiert.«

»Also ist der Kleine König geworden?«

Freak nickt, er ist richtig in der Geschichte drin und formt mit den Händen irgendwelche Sachen in der Luft. Es ist das erste Mal für mich, dass ich Freak richtig reden höre, und eins weiß ich sofort: Wenn er redet, kann man die Augen nicht von ihm abwenden. Und wie er die Hände bewegt, könnte man meinen, er sieht die Geschichte von dem alten König richtig vor sich.

»Artus' Zauberschwert heißt Excalibur und die schöne Fee Guinevere wird seine Königin. ›Schöne Fee‹ war damals das, was wir heute ein ›hübsches Mädchen‹ nennen. Jedenfalls wurde es Artus zu langweilig, immer nur herumzusitzen, also lud er alle Ritter von England ein, bei ihm im Schloss zu wohnen. Zum Abendessen versammelten sie sich an einem runden Tisch, und deshalb nennt man sie die Ritter der Tafelrunde. Ab und zu gab König Artus ihnen irgendeinen geheimen Spezialauftrag, so was hat man in den alten Zeiten eine ›Suche‹ genannt. Drachen und Ungeheuer und böse Ritter töten. Ich nehme an, du weißt, was ein Ritter anhat, wenn er in den Kampf zieht?«

Ich glaube schon, aber weil ich Freak gern beim Reden zuhöre, sage ich: »Erzähl's mir«, und dann kapiere ich endlich, warum er sich so für diese klirrenden alten Ritter interessiert.

Denn jetzt lebt Freak so richtig auf: »Die Ritter waren sozusagen die erste Menschenversion von Robotern. Sie hatten eine Eisenrüstung an, damit waren sie praktisch unbezwingbar. Wenn ich meine Sachen ausgepackt habe, zeig ich dir mal Bilder davon. Es ist wirklich erstaunlich, aber man hat schon viele Jahrhunderte vor Erfindung des Computers immer wieder versucht, die Konstruktionsdefizite des menschlichen Körpers zu beseitigen.«

Ich sage: »Hä?«, und Freak kichert in sich hinein, als ob er mit meinem »Hä?« gerechnet hat, und dann sagt er: »Die Konstruktionsdefizite des menschlichen Körpers. Also zum Beispiel, dass wir nicht kugelsicher sind, dass wir nicht mit bloßen Händen Steine zerdrücken können und dass wir uns die Finger verbrennen, wenn wir einen heißen Ofen anfassen. König Artus wollte seine Männer *verbessern*, deshalb hat er sie gepanzert. Dann hat er sie programmiert, dass sie ausziehen und diese Suchen da veranstalten, Drachen töten und so weiter, ungefähr so, wie man Roboter heute auch programmiert.«

Ich sage: »Ich dachte, es gibt gar keine richtigen Roboter. Nur im Kino.«

Mann, wie ihm jetzt die Augen funkeln! Da kommen richtige Laserstrahlen raus! Er schäumt geradezu, regt sich so auf, dass er kaum sprechen kann.

Schließlich hat er sich unter Kontrolle und legt los: »Ich will dir mal deine Unwissenheit zugute halten. Zum Thema Roboter bist du offenbar schlecht informiert. Roboter gibt es nicht nur im Kino. Robotik, die Wissenschaft vom Entwerfen und Bauen von Robotern, ist eine *gewaltige* Industrie. Zur Zeit sind schon tausende verschiedener Robotertypen im Einsatz. *Millionen*. Natürlich sehen die nicht aus wie die Roboter im Kino, weil sie rein funktionell gebaut sind. Viele Roboter sind eigentlich nur raffinierte Montagegeräte, Maschinen, die Autos und Lastwagen und Computer zusammensetzen. Das Space Shuttle zum Beispiel hat einen Roboterarm.«

26

»Stimmt«, sage ich. »Hab ich im Fernsehen gesehen.«

Freak verdreht die Augen und stöhnt. »Ah ja«, sagt er. »Fernsehen, das Opium der Massiven.«

Ich sage ungefähr zum elften Mal: »Hä?«

»Opium ist eine Droge«, sagt er. »Massiv bedeutet groß und schwer. Folglich ist das Fernsehen die Droge der dummen Fettsäcke. Das Opium der Massiven.«

»Du hast keinen Fernseher?«

»Natürlich habe ich eine Glotze«, sagt er. »Wie sollte ich denn sonst *Star Trek* sehen? Genau genommen sehe ich unheimlich viel fern, aber ich lese auch unheimlich viele Bücher, damit ich dahinterkomme, was wahr und was falsch ist, das ist gar nicht immer so einfach. Bücher sind so was wie eine Wahrheitsdroge – wer nicht liest, kommt nie dahinter, was wirklich Sache ist.«

Diesmal sage ich nicht *hä*, weil ich dann vielleicht erklären müsste, warum ich in der Förderklasse bin und Lesen echt das Letzte ist, was ich tun möchte, außer mir die Zehennägel mit dem Rasenmäher schneiden, mit Rasierklingen gurgeln und zum Frühstück Würmer essen. Natürlich hat Freak bestimmt schon mitgekriegt, dass ich nicht so schlau bin, denn er hat sich längst in meinem Zimmer umgesehen und festgestellt, dass es da nicht gerade wie in der Stadtbücherei aussieht.

»Ich leih dir ein paar von meinen Büchern«, sagt er.

»Cool«, sage ich, als hätte ich nur auf diese nächste Chance gewartet um zu beweisen, dass ich ein Blödmann bin.

Und dann hören wir sie beide gleichzeitig, diese Stimme, die seinen Namen ruft und sich ziemlich besorgt anhört.

»Die schöne Gwen«, sagt er. »Ich muss mich hier raus-beamen.«

Ich klettere hoch und klappe die Falltür auf, und da steht seine Mutter im Garten und starrt den kleinen roten Wagen an. Als sie mich aus der Unterwelt steigen sieht, macht sie ein Gesicht, als ob jemand auf sie geschossen hätte. Als ob sie eine Wahnsinnsangst hätte. »Kevin?«, sagt sie. »Ich suche nach einem kleinen Jungen.«

Freak zieht sich ächzend und schnaufend die Treppe hoch, die schöne Gwen packt ihn, setzt ihn in den Wag-gon und, ich schwör's, *rennt* damit zu ihrem Haus, als ob noch was ganz Schlimmes passieren würde, wenn sie nicht schnellstens verschwindet. Freak sitzt im Waggon und versucht sich nach mir umzudrehen, versucht die Schultern zu heben und mir irgendwie mitzuteilen, dass er auch nicht versteht, was in die schöne Gwen gefahren ist. Aber ich verstehe das.

Ist doch eigentlich ganz einfach. Sie hat Angst vor mir.

KAPITEL 5

ZUM VERWECHSELN ÄHNLICH

Manchmal ziehe ich mich in meinen Kopf zurück. Es ist kühl und dunkel da drin, und ich schwebe wie eine Wolke – nein, ich *bin* eine Wolke, so eine, wie man sie an einem windigen Tag am Himmel sieht und die dauernd die Form verändert, nur dass man die Veränderung eigentlich nicht *sehen* kann. Das passiert einfach so, und plötzlich erkennt man, dass die Wolke, die wie eine große Hand mit dicken Fingern aussieht, auf einmal eher einem Baseballhandschuh oder einem riesigen weichen Fernseher ähnelt. Einfach so.

Jedenfalls war ich mal wieder bei mir im Kopf, gleich nachdem die schöne Gwen mit diesem komischen Gesichtsausdruck weggerannt war: Was wollte er mit meinem kleinen Jungen, wollte er ihn etwa entführen?

Also, ich liege auf dem Boden unter meinem Bett, da ist es so finster, dass man kaum die Sprungfedern und so weiter sehen kann, und bald bin ich ganz woanders, als ob ich schweben würde, und es ist so vollkommen kühl und leer da drin, dass ich an gar nichts denken muss. Ich bin

29

nichts, ich bin niemand, alles ist egal, ich bin überhaupt nicht da. *Auszeit.*

Nur dass ich diesmal nicht so lange bleiben kann, wie ich möchte, denn jetzt klopft Gram an die Tür und ruft: »Maxwell? Max, bist du da? Bitte antworte, Junge, es ist wichtig.«

Was wird schon sein. Ich zwänge mich aber trotzdem unterm Bett hervor – da unten wird's auch immer enger –, klopfe mir den Staub ab und mache die Tür auf. Sie hat kein Schloss, aber Gram wartet immer, bis ich »herein« sage, weil sie nicht stören will; da legt sie großen Wert drauf.

»Maxwell«, sagt sie und macht einen kleinen Schritt ins Zimmer, und man sieht es ihr an, dass sie lieber nicht da wäre, sie zieht so ein Gesicht, weil es hier unten so dunkel und unordentlich ist und wahrscheinlich nach meinen Strümpfen riecht oder was weiß ich. »Max, Junge, entschuldige die Störung – du weißt ja, ich komme sonst nie in den Keller – aber eben hat mich Gwen Avery angerufen, und ich glaube, es ist wichtig.«

Oha, denke ich. Da hat die schöne Gwen also schon meine Gram angerufen und ihr wahrscheinlich von einem großen hässlichen Ungeheuer berichtet, das im Keller lebt; ich mache innen dicht und erwarte das Schlimmste.

»Sie hat angerufen und sich entschuldigt«, sagt Gram.

»Hä?«

»Ich nehme an, sie hat ihren Kleinen abgeholt, stimmt das? Du und Kevin, ihr habt Freundschaft geschlossen, nicht wahr?«

Freundschaft geschlossen. Wie bescheuert sich das anhört! Aber Gram kann man ziemlich leicht verletzen, also sage ich das lieber nicht. Ich sage nur: »Ja, kann sein.«

Gram ist nervös, das erkenne ich daran, wie ihr Blick im Zimmer herumhuscht, als ob sie grade die Grenze in ein total fremdes Land überschreitet. Und da kann ich auch gleich hier darauf hinweisen, dass Gram, auch wenn sie meine Großmutter ist, überhaupt nicht *aussieht* wie eine Oma, eher wie eine Mutter; denn, wie sie immer sagt, war sie »selbst noch ein Kind«, als meine richtige Mutter geboren wurde.

»Hm, na ja, ich hatte den Eindruck, es hat die Ärmste irgendwie erschreckt, dass du so groß bist, und jetzt meint sie, dass sie dich beleidigt hat. Könnte das sein?«

»Möglich. Kennst du die etwa?«

»Aber ja«, sagt Gram. »Gwen war mit deiner Mutter befreundet. Die beiden waren zur selben Zeit schwanger. Später warst du mit dem kleinen Kevin im selben Kindergarten. Hast du das gewusst?«

Ich zucke die Schultern, weil Gram eigentlich gar nicht wissen soll, an wie viel von damals ich mich erinnern kann.

»Sie hat gesagt – und das soll ich dir unbedingt sagen, Max, hat sie mich gebeten –, es freut sie sehr, dass du und Kevin Freunde sein wollt. Genau so hat sie es gesagt – es freut sie sehr. Und sie hat dich zum Abendessen eingeladen.«

Ohne nachzudenken frage ich erst einmal: »*Muss* ich da hin?«

Gram legt mir eine Hand auf die Schulter, ganz leicht; ich fühle, wie nervös es sie macht, mich auch nur anzufassen, und wie unangenehm es ihr ist, zu mir hochsehen zu müssen – habe ich schon erwähnt, dass ich viel größer bin als Gram? Auch größer als Grim? Größer als die meisten Leute? Echt wahr.

Gram sagt: »Sie meint, sie hat dich ungerecht behandelt, Maxwell, und das möchte sie wieder gutmachen. Du *musst* nicht gehen, aber besser wäre es schon.«

»War doch gar keine große Sache«, sage ich. »Sie ist doch bloß weggelaufen. Wahrscheinlich habe ich sie erschreckt.«

»Es hatte nichts mit dir zu tun«, sagt Gram.

»Nein? Wovor hat sie sich denn dann erschreckt?«

Jetzt weiß sie nicht mehr weiter, sie schluckt, als ob ihr der Mund ausgetrocknet ist. »Das soll dir Gwen lieber selbst erzählen«, sagt sie. »Sie ist eine ziemlich bemerkenswerte junge Frau, musst du wissen. Zieht den armen Jungen ganz alleine auf.«

»Von wegen armer Junge«, sage ich. »Du solltest ihn mal reden hören. Ich glaube, sein Körper ist nur deshalb so klein, weil sein Gehirn so groß ist.«

»Ja«, sagt Gram. »Gut, gut.«

Gram sagt dauernd »gut, gut«, als ob das irgendwas zu bedeuten hat, und vielleicht bedeutet es für sie ja wirklich was. Jedenfalls nehme ich die Einladung zum Abendessen mit Freak und seiner Mutter an, auch wenn ich dabei ein ungutes Gefühl habe, als ob ich eine Hand im Bauch hätte und die Hand eine Faust macht.

Aber dann ist es gar nicht so übel. Die schöne Gwen strahlt mich freundlich an, und in der Küche ist sie mächtig aufgekratzt und redet wie ein Wasserfall, so schnell, dass die Wörter irgendwie zusammenkleben.

»HatSusanentschuldigeichmeinedeineGroßmutterhat
sieerzähltdassdeineMutterundichbefreundetwarendas
heißt…bissiegeheiratethatentschuldigeaberich*konnte*diesen Mann…einfachnichtausstehenfürmichwardaseinVer-
rückterund…einunheimlicherMannundkannichdavon
ausgehendassdichdas…nichtbeleidigt?«

Ich brauche ein Weilchen, bis ich das verstanden habe,
und dann sage ich: »Ja, Gram hat's mir erzählt«, und
dazu, dass sie meinen Vater kennt und für nicht ganz richtig im Kopf hält, sage ich gar nichts. Ist bestimmt besser
so.

»Du warst ein richtig süßes Baby«, sagt Gwen. »Ich erinnere mich, als ob's erst gestern gewesen wäre. Damals
haben wir alle drüben in der Wohnsiedlung gewohnt,
weil die Mieten dort so niedrig waren und wir alle sozusagen am Anfang standen.«

Freak hockt auf dem Fußboden und wühlt in Umzugs-
kartons herum, wo Töpfe und Pfannen und so was drin
sind, er ist fast ganz in einem Karton verschwunden, man
sieht nur noch sein komisches kleines Hinterteil rausra-
gen. Er ist so klein, man könnte ihn glatt für einen Zwei-
jährigen halten, wenn da nicht diese Beinschiene unter
der Hose zu sehen wäre.

Er spricht aus dem Karton: »Hey, Gwen, lass den Jungen in Ruhe, ja? Du bist mal wieder spastisch.«

»Tatsächlich?«, fragt Gwen. Sie steht an der Anrichte
und sucht in den Schubladen nach Löffeln oder was weiß
ich. »Entschuldige, Max. Ich meine, entschuldige, aber
wir haben irgendwie falsch angefangen. Weil, na ja …«

Freak steckt den Kopf aus dem Karton, er hat so ein fie-
ses überlegenes Grinsen im Gesicht. »Sie will einfach nur

sagen, dass du deinem Alten zum Verwechseln ähnlich siehst.«

Gwen sagt: »Kevin, bitte«, aber ganz leise, als ob ihr das peinlich wäre.

»Ja«, sage ich. »Das sagen alle.«

»Tatsächlich?«

Ich zucke die Achseln. Ist das denn wirklich so eine große Sache, wenn ein Junge wie sein Vater aussieht? Typisch Blödmann, so zu denken, denn natürlich ist es eine große Sache, wenn dein Vater nun mal im Gefängnis sitzt. Und das wissen alle in der Stadt; was er getan hat oder warum er da sitzt, ist ganz und gar kein Geheimnis, nur dass alle so *tun*, als ob es ein Geheimnis sein sollte, und je größer ich werde und je mehr ich meinem Alten ähnlich sehe, desto schlimmer wird das alles.

»Haben Sie ihn gekannt?«, frage ich. »Ich meine, ihn und meine Mutter, als sie noch zusammen waren?«

»Nicht besonders gut«, sagt Gwen. Sie sucht nach einem Messer, um eine Packung Hotdogs aufzuschneiden. »Nach der Hochzeit habe ich deine Mutter nicht mehr oft gesehen. Er hat es … deiner Mutter schwer gemacht, noch Freunde zu haben.«

Auf dem Tisch liegt ein Messer, ich nehme es und gebe es der schönen Gwen. Sie zuckt nicht zurück, und für mich steht fest, sie ist in Ordnung, eine richtig coole Frau.

»Also«, sagt Freak. »Wann essen wir? Meine Brennstoffzellen sind erschöpft.«

Das Essen ist toll. Die schöne Gwen hat einen leckeren Kartoffelsalat gemacht, richtig gut gewürzt, viel besser als das matschige Zeug, das Gram immer auftischt, und dazu gibt es gebratene Hotdogs in Brötchen, die schön knusprig getoastet sind, wie ich's am liebsten habe, und zwei verschiedene Soßen und drei Sorten Senf und ganz klein geschnittene rote Zwiebeln.

Wir sitzen draußen im Garten und essen von Papptellern, und Freak erzählt Robotergeschichten, die so seltsam und so komisch sind, dass ich lache wie ein Irrer und mich verschlucke und huste und Freak mir auf den Rücken klopfen muss.

»Heraus damit!«, ruft Freak. »Spuck's aus, du Trampeltier!« Dann haut er mir noch mal auf den Rücken, und ich huste diesen ekligen Brei wieder hoch, muss aber immer noch so sehr lachen, dass mir die Nase läuft.

Ganz schön bescheuert, nur dass es wirklich komisch ist, wie ich da versuche, einen Hotdog durch die Nase zu husten, und wir beide lachen wie die Geisteskranken.

»Wunderbar«, sagt Gwen und sieht uns beide an. »Ich bin so froh, dass wir wieder hierher gezogen sind. Ich glaube, wir fangen jetzt alle ein neues Leben an.«

Dann ist es Zeit, dass ich nach Hause gehe; Gram wird nervös, wenn ich vor Einbruch der Dunkelheit noch nicht zurück bin. Alles ist wunderbar, genau wie Gwen gesagt hat, und erst als ich mich ins Bett lege, haut's mich plötzlich um, und ich heule wie ein kleines Kind. Aber das Seltsame dabei ist, dass ich glücklich bin.

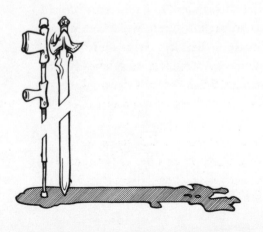

KAPITEL 6

UNHEIMLICHE BEGEGNUNG DER FIESEN ART

Der 4. Juli. Ihr wisst schon, Unabhängigkeitstag, alles dreht durch. Die Väter machen Picknick und besaufen sich, die Mütter müssen aufpassen, dass die Kinder sich nicht mit Chinakrachern ihre kostbaren kleinen Fingerchen absprengen, und die Kinder toben durch sämtliche Gärten. Alle Regeln sind aufgehoben, und das gibt so eine aufgeheizte Stimmung, falls ihr mir folgen könnt, so nach dem Motto, jetzt hauen wir auf den Putz, ganz egal, was daraus wird.

Aber versteht mich nicht falsch. Ich liebe den 4. Juli. Nur, an solchen Böllertagen drehen viele Leute richtiggehend durch, die sehen gar nicht mehr, was sich da wirklich abspielt, und das liegt hauptsächlich daran, dass wie gesagt, die Väter sich mit Bier zuschütten und nichts mehr mitbekommen.

Grim schluckt allerdings nie was Stärkeres als Limo. Niemals. Das Gift kommt mir nicht über die Lippen, behauptet er immer, aber ich habe ein Bild von ihm als Soldat gesehen, und was er da in der Hand hält, sieht schwer

37

nach einer Bierflasche aus, und außerdem hat er da genau dieses zugedröhnte Grinsen im Gesicht, das einem von Betrunkenen sattsam bekannt ist.

Jedenfalls gehe ich in diesem Jahr das erste Mal allein zum Feuerwerk, ohne Grim und Gram; warum ich das früher nicht durfte, weiß ich nicht, denn die Sache steigt gleich unten am Mühlteich, wo ich schon seit Jahren allein hindarf, und was soll daran so anders sein, bloß wenn ein Haufen Leute da hingeht, um sich das rote Leuchten der Raketen über diesem stinkigen Teich anzusehen?

Die Sache ist die, dass ich dieses Jahr mit Freak da hingehe. Gram findet das gut, weil sie meint, er könnte sonst zertrampelt werden, sie meint wirklich, die Leute würden auf ihn drauftreten; womit mal wieder bewiesen wäre, wie hirnlos sie manchmal sein kann mit ihrer ewigen Angst. Als ob da irgendwer auf kleine Kinder treten würde! Und auf Freak schon erst recht nicht.

Und so ist es dann auch: Sorgen machen muss man sich nicht wegen der Kindertreter, sondern wegen der Bierschlucker, wie schon gesagt. Denn Freak und ich sind noch ein paar Straßen vom Teich entfernt und zockeln so langsam vor uns hin, als plötzlich diese Schwachköpfe auftauchen und das Maul aufreißen.

»Hey, ihr da! Mutt und Jeff! Frankenstein und Igor! Glotzt nicht so blöd, ich rede mit euch, ihr Säcke. Was soll das sein? Eine Freakshow?«

Die Stimme kenne ich. Das ist Tony D., genannt Klinge. Er ist mindestens siebzehn und war schon drei- oder viermal vor dem Jugendrichter. Angeblich hat er mal einen Typen mit einer Rasierklinge verletzt, der wäre fast gestorben; jedenfalls sagen alle, mit Tony D. und seiner

Bande kommt man am besten aus, wenn man ihnen aus dem Weg geht. Die Straßenseite wechseln, sich verstecken, wie's grade kommt.

»He, ihr da«, sagt er und stolziert so richtig dämlich rum in seinen obercoolen Cowboystiefeln mit diesen Metallkappen vorne dran. »So was, ein Riese und ein Zwerg, wartet mal, ich hab euch was zu sagen.«

Nur, er spricht das ganz anders aus, etwa so: Watt ma, schab euch wassu saagn. Aber es ist schon schlimm genug, dem Affen überhaupt zuhören zu müssen, da kann ich drauf verzichten, sein Gesülze auch noch buchstäblich aufzuschreiben. Jedenfalls, großer Fehler, bleiben wir stehen und lassen Tony D., alias Dumpfbacke Klinge, herankommen.

»Habt ihr was, Leute?«, fragt er schleimig. Er steht einen Meter vor uns, aber man kann seine Bierfahne schon riechen. Außerdem riecht er, als ob er irgendwas Totes gegessen hat, eine platt gefahrene Ratte vielleicht, aber das könnte auch Einbildung sein.

»Macht die Ohren auf«, sagt Tony D. »Ich habe gefragt, ob ihr was habt.«

Freak drückt die Brust raus, reckt das Kinn, sieht an Tony D. hinauf, und dann sagt er: »Was sollen wir denn haben?«

Tony D. stemmt die Hände in die Hüften, und seine schmierigen Kumpane versuchen sich durch die Menge näher ranzuschieben. Er beugt sich über Freak und sagt: »Kracher, du krüppliger Zwerg. M 80er. Vielleicht ein paar Chinakracher, oder was ist das da für ein Klumpen in deiner Hose, hä?«

Freak fängt an wegzuhumpeln, er versucht schneller zu

gehen als er eigentlich kann, und dabei stößt er mit der Beinschiene an den Boden. »Komm weiter, Maxwell«, sagt er über die Schulter. »Ignorier den Kretin.«

Klinge sagt: »Wie war das?«, und baut sich vor Freak auf. »Sag das noch mal, du Missgeburt.«

Freak sagt: »Kretin. K-R-E-T-I-N. Definiert als jemand, der an Geistesschwäche leidet.«

Als ich höre, wie der winzig kleine Freak den furchtbaren Tony D., alias Klinge, anmacht, muss ich einfach laut loslachen. Tony D. sieht zu mir rauf und zeigt seine weißen Zähne; ich könnte schwören, er hat sie abgeschliffen, damit sie wie Vampirzähne aussehen, und dann sage ich: »Oha«, und erstarre zu einem Eisblock, denn ich sehe es ihm an, er überlegt grade, ob er mich erst verprügeln oder gleich totschlagen soll.

Genau da höre ich eine Sirene aufjaulen, und wie durch ein Wunder kommt plötzlich ein Streifenwagen aus dem Nichts, auf dem Weg zum Mühlteich; Klinge sieht nur mal kurz hin, und dann machen er und seine Affen auf ihren Reeboks die Düse.

Freak sagt: »Puh! Das war eine unheimliche Begegnung der fiesen Art.« Ich verstehe den Witz erst eine Sekunde später, aber dann lache ich mit, erstaunt, wie cool er bei so was bleiben kann, als ob das keine große Sache wäre, wenn Tony D. uns fertig machen will.

»Den schaffst du doch, oder?«, fragt er ein paar Minuten später.

Ich sage: »Machst du Witze? Wer sich mit Klinge anlegt, hat immer auch seine Bande am Hals!«

»Soll das heißen, ich reiße hier das Maul auf, und du hättest ihn *nicht* umhauen können?«

»So ungefähr.«

»Ach du dickes Ei!«, sagt er und quietscht und lacht und kreischt dabei so laut, dass die anderen uns auslachen, als ob wir total bekloppt wären – was ja auch nicht weit von der Wahrheit entfernt ist.

Seine Krücke hat Freak heute Abend nicht mit, nur die Beinschiene, und er lacht so wild, dass er umkippt. Nicht dass er sonderlich tief zu fallen hat. Jedenfalls hebe ich ihn wieder auf, und da staune ich, wie leicht er ist. Ich spüre praktisch überhaupt kein Gewicht, und vielleicht bringt mich das auf die Idee. Denn etwas später, als wir unten am Teich sind und die erste Rakete abgefeuert wird, macht Freak Theater, weil er nichts sehen kann. Wir sind von so vielen Leuten eingekeilt, dass er nur Füße und Knie sieht; manche Leute heben ihre kleinen Kinder hoch, damit sie das Feuerwerk wie rosa Blüten am Himmel explodieren sehen können, und ohne lange nachzudenken, bücke ich mich, schnappe mir Freak und setze ihn mir auf die Schultern.

Erst hockt er ein bisschen wacklig da oben, aber dann hält er sich an meinen Haaren fest, und als mit einem irren Knall, der mir in den Magen haut, die erste richtig große Rakete abzischt, schreit Freak »Hey, Spitze!«, und da weiß ich, alles ist in Butter, er ist nicht ausgeflippt, weil ich ihn hochgehoben und mir auf die Schultern gesetzt habe, als ob er ein kleines Kind wäre und nicht der wahrscheinlich schlaueste Mensch von der ganzen Welt.

»Magnesium!«, schreit er, als die weißen Funken über dem Teich niederrieseln. »Kaliumchlorat!«, als die Raketen eine nach der anderen zerplatzen und die Leute *Ah* und *Oh* rufen. »Kaliumnitrat! Schwefel! Aluminium!«

Und nach einer grellroten Explosion am Himmel zerrt Freak mir an den Haaren und kreischt: »Kupfer! Da verbindet sich Kupferpulver mit Sauerstoff!« Und als da oben was Blaues aufplatzt, ruft er: »Das gute alte Strontiumnitrat!«, und ich denke, he, gibt es eigentlich was, was der Kleine *nicht* weiß?

Am Ende kommt wie immer das so genannte »große Finale«, da drehen sie dann so richtig durch und ballern mit allem auf einmal los; ein Heulen und Knallen und Rattern wie der dritte Weltkrieg und der Teich fängt an zu zischen, so viel heißes Zeug fällt vom Himmel da rein. Freak schreit weiter die Namen von Chemikalien und Elementen, bis der letzte Funke in der trüben Brühe erloschen ist und die Leute Beifall klatschen und dann wie die Schwachsinnigen alle auf einmal wegzugehen versuchen.

hoch zu Ross

Ist euch schon mal aufgefallen, dass man von Pulverdampf Durst bekommt? Jedenfalls steuere ich nach dem Feuerwerk die an der Straße aufgestellten Imbissbuden an und stelle mir schon vor, wie sauber mir jetzt eine eiskalte Limo schmecken wird, und fast vergesse ich dabei, dass Freak immer noch bei mir auf der Schulter sitzt.

»Erstaunliche Aussicht von hier oben«, sagt er. »Und du siehst das also immer so.«

»*So* groß bin ich nun auch nicht«, sage ich. »Im Moment bist du einen halben Meter größer als ich.«

»Cool«, sagt er. »Gefällt mir.«

Wir schieben uns durch die Menge und haben schon fast die Imbissbuden erreicht, als Freak mich an den Haaren zieht. »Kretin auf zwei Uhr«, sagt er ziemlich dringend. »Und noch zwei auf drei Uhr.«

Ich sage: »Hä? Was?«

»Klinge und seine Bande«, zischt Freak. »Haben uns als Ziel erfasst. Geh nach links«, sagt er. »Aber schnell, wenn du hier lebend rauskommen willst!«

43

Leider bringe ich rechts und links oft durcheinander. Wenn ich nicht daran denke, geht es, aber wenn ich schnell darüber nachdenken soll, wird mein Kopf plötzlich leer. Rechts? Links? Was soll das alles eigentlich?

»Links!«, sagt Freak und tritt mich mit einem kleinen Fuß, als ob er einem Pferd die Sporen gibt, und dann macht's Klick in meinem Kopf: Geh da lang! Wo der Fuß gedrückt hat! »Schneller«, sagt Freak und treibt mich weiter, wobei ich von Glück sagen kann, dass der Kleine nicht auch noch Sporen hat, aber das ist mir jetzt egal, Hauptsache, ich komme von Klinge weg.

»Warp-Faktor Neun!«, schreit Freak. »Mehr Tempo, du Riesenross!«

Inzwischen renne ich in vollem Galopp, kreuz und quer durchs Gedränge, und ich brauche mich nicht mal umzusehen, ich muss mich nur an die Befehle von Freaks Steuerfüßen halten. Ich bin mir ziemlich sicher, dass wir es schaffen, aber da taucht einer von Klinges Affen auf und stellt sich uns hämisch grinsend in den Weg.

»Hierher, Tony! Ich hab sie!«

»Was soll ich jetzt machen?«, frage ich Freak.

Er sagt: »Ich denke, ich denke nach!«

Ich höre Klinge schon, bevor ich ihn sehe. Höre seine fiese Lache, so dreckig und gemein, dass mir der Magen einfriert und die Knie matschig werden.

»He! Krüppel! Ich mach euch fertig, dich und diesen blöden Lulatsch! Ich mach euch zu Hackfleisch! Jetzt seid ihr dran!«

44 Und jetzt sehe ich ihn auch, sehe dieses breite Grinsen und seine dunklen brutalen Augen; er stolziert durch die Menge. Seine Affen haben uns umzingelt, denn wo ich

auch hinsehe, von überall starren mich diese finsteren Typen an, die genauso brutal dreinzuschauen versuchen wie Tony D.

Ich flüstere: »Sag mir, was ich tun soll«, und Freak klopft mir auf die Schulter und sagt: »Gib mir noch eine Nanosekunde zur Verarbeitung der Alternativen.«

»Hackfleisch!«, sagt Klinge und greift in seine hintere Hosentasche.

»Mach schnell«, zische ich, und dann gibt Freak mir einen Tritt an die rechte Schulter; ich drehe mich nach rechts, er sagt: »Los! Los!«, und ich renne einen dieser Affen über den Haufen. Vor Überraschung fällt ihm der Kaugummi aus dem Mund, er versucht mich am Bein zu packen, aber ich trete mich frei und renne los wie ein Blinder, nach rechts oder links, gelenkt nur von Freak, der ja wohl einen Plan haben muss, so schlau wie er ist.

Ja, er *hat* einen Plan. Nur sieht der Plan vor, dass wir in den Mühlteich laufen und dort ertrinken sollen.

»Lauf, lauf!«, schreit er über meinem Kopf. »Vertrau mir, das schaffen wir!«

Auch Klinge schreit, und ich kann seine Schritte hinter mir hören. Er holt auf.

»Warp-Geschwindigkeit!«, schreit Freak und tritt mich mit beiden Füßen, was geradeaus bedeutet. »Kurs auf H_2O!«

Der Teich ist genau vor mir, ich renne irgendwie am Rand entlang, trample über Flaschen und Dosen und Bonbonpapier, und dann höre ich so ein Wischen und weiß genau, Klinge schwingt ein Messer, hackt hinter uns in der Luft herum, und es bleibt kein Ausweg, ich muss in den Teich, wie Freak es von Anfang an gewollt hat.

Nur dass mir der erste Schritt ziemlich zu schaffen macht, weil der Teich so dreckig ist; der schlammige Boden ist ziemlich tief und geht mir gleich bis an die Knie. Aber ich habe solche Angst, Tony D. könnte mich abstechen, solche Angst, er könnte mich mit diesen spitzen Zähnen *beißen*, dass ich einfach weiterlaufe. Es gibt ein ekliges schmatzendes Geräusch, wenn ich die Füße aus dem Schlamm ziehe, und ich reiße mir fast die Beine aus und mache den nächsten Schritt und immer so weiter.

Ich bin so schnell, dass mir das Wasser schon bis zur Brust steht, bevor ich merke, dass Freak mir mit beiden Händen an den Haaren zieht. »He!«, sagt er. »Halt an, wir haben's geschafft.«

Ich stecke bis zu den Knien im Schlamm und habe große Mühe, mich umzudrehen. Endlich kann ich zum Ufer zurückblicken, und da sehe ich Klinge, das heißt nur seinen Kopf über der Wasseroberfläche, ganz bleich und voller Panik. »Hilfe!«, blubbert er und erstickt fast an diesem dreckigen Wasser, und dann platschen seine Affen rein, um ihn zu retten. Mann, die kriegen ihn kaum da raus, so tief und fest steckt er im Schlamm, und bis sie ihn ans Ufer geschleift haben, sind sie alle von oben bis unten mit Matsch und Modder bedeckt. Sie japsen wie die Fische, fast zu erschöpft, um uns zu beschimpfen, aber das legt sich bald.

Klinge ist bis zum Hals mit Schlamm beschmiert, was aber bei ihm ganz natürlich aussieht. Er sagt was zu seinen Leuten, die genauso versaut aussehen wie er, er sagt: »Holt Steine, jetzt wird Zielwurf geübt!«

»Was machen wir jetzt?« frage ich, denn ich versinke immer tiefer im Schlamm. Er geht mir schon über die

Knie, und das Wasser steht mir bis unter die Achseln; sogar Freaks Füße werden nass.

»Warte«, sagt Freak. »Die Kavallerie ist im Anmarsch. Hörst du nicht die Sirene?«

Ich horche, höre aber nur Klinge und seine Bande, wie sie nach Steinen suchen, mit denen sie uns bewerfen können.

Klinge holt aus und schmeißt den ersten, verfehlt uns aber.

»Kannst du dich bewegen?«, fragt Freak.

»Ich glaub nicht.«

Nichts zu machen. Ich stecke bis zu den Knien im Schlamm, ich komme nicht vom Fleck. Ich kann nicht mal umfallen, so zäh ist dieser Matsch. Ich stehe da wie ein Zaunpfahl, und jeder weiß, was für ein gutes Ziel ein Zaunpfahl abgibt.

Vor uns spritzt das Wasser auf, zu kurz gezielt. Sie fangen mit viel zu schweren Brocken an, merken das aber bald selbst, und als Klinge sagt: »Kleinere Steine! Besorgt mir kleinere Steine!«, da weiß ich genau, jetzt sind wir geliefert.

Plötzlich ertönt über mir ein Nerven zerfetzender Ton. Freak hat die Finger im Mund und pfeift. Ungeheuer laut und so schrill, dass mir fast die Ohren platzen. Und dann sehe ich, was Freak schon die ganze Zeit gesehen hat, nämlich einen Streifenwagen, der ganz langsam den Weg um den Teich herumfährt; das macht die Polizei jedes Mal nach dem Feuerwerk.

Freak pfeift, und die Scheinwerfer des Streifenwagens wandern um den Teich, bis sie uns endlich erfasst haben. Ich muss blinzeln, weil das Licht so grell ist; Freak wedelt aufgeregt mit den Armen, und dann hören wir die blecherne Megafonstimme eines Polizisten, der uns anquakt, wir sollen uns nicht bewegen. Als ob wir das könnten, selbst wenn wir wollten!

In dem grellen Scheinwerferlicht ist kaum was zu erkennen, aber Freak erzählt mir, dass Klinge und seine Bande sich aus dem Staub machen. Die rennen wie die Hasen, sagt Freak.

»Hilfe!«, ruft Freak in das weiße Licht, wo die Polizisten stehen. »Wir bitten um Beistand!«

Am Ende müssen sie Seile nehmen, um mich da rauszuziehen. Freak lässt mich nicht los, er bleibt sogar noch bei mir auf der Schulter, als ein Polizist mit einem Kahn ankommt und ihn zu sich reinheben will. Als wir das Ufer erreicht haben, sind alle sehr nett zu uns und geben uns Decken und Cola und sagen, sie wüssten über Tony D. Bescheid, sie würden ihn im Auge behalten, macht euch keine Sorgen.

»So, ihr beiden, nun sagt mal, wie ihr heißt, damit wir eure Mütter anrufen können«, sagt einer von den Polizisten, aber ein anderer sieht mich komisch an und meint: »He, ist das nicht der Sohn von Kenny Kane? Aber ja doch. Der alte Killer Kane. Sitzt der eigentlich noch?«

Freak klammert sich immer noch an meine Schultern, und als man ihn nach seinem Namen fragt, sagt er: »Wir sind Freak der Starke, so heißen wir. Wir sind fast drei Meter groß, falls Sie's noch nicht bemerkt haben.«

So hat das angefangen, so sind wir Freak der Starke geworden, um Drachen und Narren zu töten und hoch zu Ross zu reiten.

KAPITEL 8

SAURIERGEHIRN

Am Ende war der Sommer dann noch richtig gut.

Erst dachte ich, wegen der Sache mit dem Teich würden wir Ärger kriegen. Ich hatte ein ungutes Gefühl, als die Polizei uns nach Hause fuhr und ich dann klatschnass und schlammbedeckt ausstieg; und als Grim mich mit dem Schlauch abspritzte, machte er ein angewidertes Gesicht, als ob er was Übles riechen würde, aber die Polizisten erzählten ihm, ich sei ein Held oder so was, weil ich den armen kleinen Krüppel gerettet habe. Grim lässt sich das alles berichten und sieht mich ganz komisch an, als ob er sagen würde: *Da staune ich aber*. Er geht ins Haus, und dann kommt Gram im Nachthemd und mit einem großen flauschigen Handtuch angerannt und veranstaltet die totale Hektik.

Ich habe Freak gerettet. Sehr witzig. Sicher, von weitem muss es so ausgesehen haben, und die anderen konnten ja nicht wissen, dass eigentlich Freak mich gerettet hat – beziehungsweise sein Superhirn und mein großer dummer Körper uns beide.

Gram rubbelt mich mit dem Handtuch ab, ihre Hände zittern, und sie sagt: »Als ich das Blaulicht sah, habe ich schon mit dem Schlimmsten gerechnet.« Grim steht hinter ihr und sieht mich durchdringend an; er schüttelt den Kopf und sagt: »Wer hätte das gedacht, Mabel.« Das soll ein Witz sein, denn Gram heißt überhaupt nicht Mabel.

Jedenfalls führen sie mich ins Haus, und Gram stellt mir eine Schale Eis hin; Grim schüttelt wieder den Kopf und sagt: »Was der junge Mann jetzt braucht, ist eine Tasse Kaffee.« Dann nimmt er einen Filter und tut ein paar Löffel Kaffee rein und wartet, während die Maschine durchläuft; und dabei macht er ein strenges Gesicht, als ob er tief in Gedanken ist. Als ich das Eis geschafft habe, reicht Grim mir den Kaffee in einer Porzellantasse, eine aus dem Service, das sonst nie benutzt wird.

Er gibt mir die Tasse, als ob das was ganz Besonderes wäre, und das ist es auch, denn sonst darf ich noch gar keinen Kaffee trinken. Und er sieht mich so ernst und grimmig an, dass ich schon den Mund aufmachen und fragen will, was soll eigentlich dieses Theater, glaubst du wirklich, das hier ist meine erste Tasse Kaffee (ja, von wegen!), und dann klickt was und ich sage: »Danke, der Herr«, als ob ich *besessen* bin oder so was Ähnliches, ich habe keine Ahnung, woher oder warum mir diese Wörter aus dem Mund kommen.

Ich sage: »Danke für das Handtuch, Gram. Und für das Eis. Könnte ich etwas Zucker für den Kaffee haben? Zwei Teelöffel bitte«, und Grim schlägt die Hände zusammen und sagt: »Aber natürlich, mein Sohn.« Und das ist wirklich ein Ding, weil er mich sonst nie so nennt. Immer nur Max oder Maxwell oder »dieser Junge«.

Als Nächstes räuspert er sich und hustet in die Faust, und Gram sieht uns beide an und strahlt so richtig wie eine Oma, als ob jetzt endlich alles so ist, wie es sein *sollte*, wie es sich immer in *Wunderbare Jahre* abspielt, wenn die ganze Familie vor Glückseligkeit nur so dahinschmilzt, bloß weil der kleine Rotzlöffel irgendwas Stumpfsinniges getan hat und überhaupt eben so eine wunderbare Kindheit hat und so weiter.

Gram sagt: »Ich möchte, dass du mir was versprichst, Maxwell, mein Junge. Versprich mir, dass du dich von diesem bösen Jungen und seinen schrecklichen Freunden fern halten willst. Diesmal ist niemand zu Schaden gekommen, aber ich schaudere bei der Vorstellung, was da hätte passieren *können*.«

Und Grim, der gute Mann, weist sie zurecht: »Maxwell kann schon auf sich aufpassen, was, Max?«

Stimmt. *Was, Max.* Nicht mein Sohn. Von mir aus.

»Ich laufe weg«, sage ich zu Gram. »Wenn ich Tony D. sehe, haue ich einfach ab.«

»Guter Junge«, sagt Gram. »Ich dachte, weil du doch größer bist als er … na ja, tu das, mein Junge. Lauf weg.«

»Er läuft nicht weg«, sagt Grim ärgerlich. »Er macht ein Ausweichmanöver. Geht einer Konfrontation aus dem Weg. Das ist etwas ganz anderes, stimmt's, Max?«

Ich nicke, trinke meinen Kaffee ohne zu schlürfen und beschließe, lieber nichts davon zu erwähnen, dass Tony D. mit einem Messer herumläuft und wahrscheinlich auch eine Pistole hat, denn dann würde Gram sich Sorgen machen, und wenn sie sich Sorgen macht, kann sie einem ganz schön auf den Keks gehen.

Wie gesagt, der Sommer entwickelte sich dann noch ziemlich gut. Normalerweise hänge ich bloß so rum, sehe mir Comics oder irgendwas in der Glotze an, oder ich gehe auch schon mal mit Gram einkaufen, wenn sie großes Theater macht. Den Strand kann ich nicht ausstehen, das ist mir einfach zu blöd, überall diese coolen Typen, schlank und braun gebrannt und sind-wir-nicht-wunderbar? – und weil jeder, der mich auf einer Decke liegen sieht, die Frage stellt: He, wozu hat dieses Albinowalross eigentlich eine Sonnenbrille auf?

Also vegetiere ich hauptsächlich im Keller und puhle mir im Nabel rum, wie Grim zu sagen pflegt, der selbst immer einen dicken Fussel im Nabel hat.

Mit Freak wird das alles anders. Jeden Morgen kommt das Kerlchen rübergehumpelt und hämmert an meine Falltür, rabumm-rabumm-rabumm. Klein mag er ja sein, aber auch ziemlich laut. »Aus dem Bett, du Schnarchsack! Wir müssen holde Jungfern befreien! Drachen töten!« Das sagt er jeden Morgen, immer genau dasselbe, praktisch wie ein Wecker, und sobald ich ihn an die Falltür hämmern höre, weiß ich schon, was als nächstes kommt: holde Jungfern und Drachen, und dann sitzt Freak mit seinem Muntermachergrinsen vor mir und sagt: »Beeil dich mit den Haferflocken, wie kannst du nur so viel essen, du Trampeltier, mach schon, wir wollen was unternehmen.« Er steckt so voll Tatendrang, dass man geradezu seinen Kopf brummen hören kann, und natürlich kann er niemals still sitzen.

»Ameisen in der Hose«, sage ich eines Morgens, als er mir vor Gier, etwas zu *unternehmen,* fast den Teller vom Tisch reißt. Er sagt: »Was?«, und ich: »Du hast Ameisen in der Hose«, worauf er mich komisch ansieht und sagt: »Das behauptet die schöne Gwen auch immer, hast du das von ihr?« Ich schüttle den Kopf und esse meine Haferflocken besonders langsam, und dann sagt er: »Zu dei-ner Information: Es gibt zweitausendzweihundertundsiebenundvierzig Unterarten der *Hymenoptera*, lateinischer Name *Formicidae*, und ich habe keine einzige davon in der Hose.«

Das bringt mich zum Lachen, auch wenn ich kein Wort verstanden habe.

»Ich schlage eine Suche vor«, sagt er. »Lass uns gen Osten ziehen und die Gegend auskundschaften.«

Inzwischen weiß ich, was eine Suche ist, denn Freak hat mir die Sache genau erklärt: Wie das mit König Artus anfing, als er seine Ritter, um sie auf Trab zu halten, irgendwelche Dinge tun ließ, mit denen sie beweisen konnten, wie stark und mutig und schlau sie waren, oder manchmal auch, wie bescheuert, denn wie soll man das sonst wohl nennen, wenn da ausgewachsene Männer in klappernden Blechanzügen rumlaufen und die ganze Zeit beten? Aber das sage ich Freak nicht, weil er sehr empfindlich reagiert, wenn es um Ritter und Suchen und geheime Bedeutungen geht. Zum Beispiel, dass ein Drache nicht einfach ein großes schleimiges Feuer speiendes Monster ist, sondern ein Symbol für die Natur oder so was.

»Ein Drache steht für die Angst vor der Natur«, sagt Freak. »Er ist ein Archetyp des Unbekannten.«

Ich frage: »Und was ist ein Arsche-Typ?«, und Freak schüttelt seufzend den Kopf und holt sein Wörterbuch aus dem Rucksack.

Ehrlich wahr. Er hat *wirklich* ein Wörterbuch in seinem Rucksack. Es ist sein Lieblingsbuch, und er zieht es raus, wie Arnold Schwarzenegger ein Maschinengewehr oder so rauszieht – immer wenn er ein Buch in die Hand nimmt, kriegt er diesen bösen Blick.

»Hier«, sagt er und schiebt mir das Buch in die Hand. »Schlag doch einfach nach.« Und jetzt wünsche ich mir, ich hätte nie was von diesem Archetyp-Typen gesagt, denn ich hasse nichts mehr, als in seinem blöden Wörterbuch was nachzuschlagen.

»Mit A fängt es an«, sagt er.

»Weiß ich selbst.«

»A–R«, sagt er. »Such einfach die A's ab, bis du zu A–R gelangst.«

Ja, von wegen. Ein Genie wie er kann natürlich mit einem Wörterbuch umgehen, weil er ja weiß, wie man die Wörter schreibt. Und für Freak sieht ein R niemals wie ein umgedrehtes E aus, wie es mir manchmal vorkommt, wenn ich nicht richtig die Augen zukneife und drüber nachdenke.

»Vorsicht«, sagt er. »Du beißt dir noch die Zunge ab, und dann werden wir den Tag auf der Unfallstation vergeuden, um sie dir wieder dranmachen zu lassen. Mikrochirurgie ist ja so was von langweilig. Hat dir das noch nie jemand erklärt?«

»Hä?«, sage ich, mache aber den Mund zu, damit mir die Zunge nicht mehr raushängt. Ich suche immer noch in dem Wörterbuch nach »Archetyp«, das heißt ich suche nach Wörtern, die mit roter Tinte unterstrichen sind, weil Freak nämlich Wörter, die er zum ersten Mal nachschlägt, rot unterstreicht, und ihr würdet staunen, wie viele da schon unterstrichen sind, manchmal alle auf einer Seite, weil er da schon jedes einzelne Wort nachgeschlagen hat.

Schließlich buchstabiert er mir das Ganze, und ich finde das blöde Wort.

»Da steht aber nichts von Drachen«, sage ich und versuche das Zeug zu entziffern. »Da steht bloß ›Muster‹. Also was soll das? Geht es hier um ein Schnittmuster oder so was?«

Freak sieht mich angewidert an, nimmt das Wörterbuch und sagt: »Du bist ein hoffnungsloser Fall. Muster ist nur die erste Bedeutung. Ich habe mich auf die *zweite* bezogen, und die ist viel interessanter. ›Universelles Symbol in der Psyche, kommt in Träumen oder traumartigen Zuständen zum Ausdruck‹.«

Und damit soll ich was anfangen können? Weil mich das Wörterbuch langweilt, tue ich trotzdem so, als hätte ich's kapiert, aber Freak schüttelt nur den Kopf und sagt: »Keine Ahnung, warum ich mir die Mühe mache. Die Dinosaurier hatten ein winziges Gehirn – und haben die Erde trotzdem hundert Millionen Jahre lang beherrscht.«

KAPITEL 9

DAS LEBEN IST GEFÄHRLICH

Also ziehen wir los. Inzwischen ist es eine alte Gewohnheit, Freak sitzt bei mir auf meinen Schultern und lenkt mich mit seinen kleinen Füßen, falls ich mal den Weg nicht mehr weiß. Nicht dass wir den immer schon vorher wissen. Freak denkt sich gern unterwegs etwas aus. Da glaub ich, ich gehe einen ganz normalen Bürgersteig entlang, und in Wirklichkeit überquere ich eine gefährliche Brücke, eine von denen, die aus Lianen über einer tiefen Schlucht geflochten sind, und wenn Freak davon erzählt, erscheint das so real, dass ich Angst habe, nach unten zu sehen, weil mir sonst schwindlig wird und ich vom Bürgersteig falle.

»Sieh niemals nach unten«, sagt er. »Einfach die Augen zumachen.« Und dann legt er mir die Hände vor die Augen und sagt, ich soll geradeaus weitergehen. »Einen Fuß«, sagt er. »Jetzt den anderen.«

Ich versuche das Gleichgewicht zu halten, aber seine Hände bringen mich durcheinander.

»Noch einen Schritt«, sagt Freak. »Ruhig. Ruhig. Jetzt

57

den Huf heben – ich meine den Fuß. Na also, geschafft!«
Und wenn er dann die Hände wegnimmt, sehe ich, dass
wir die Straße überquert haben.

»Nach Osten«, sagt er, als ich das Ende des Blocks erreicht habe. »Dort entlang, hehres Ross! Am Horizont
harret der Osten!«

Ich frage: »Woher weißt du, wo's nach Osten geht?«
Und dann glitzert mir was vorm Auge, und Freak zeigt
mir seinen kleinen Kompass.

»Ist das der Kompass vom Pfadfinderklub?«

»Bloß gut getarnt, damit keiner merkt, wie wertvoll das
Ding ist«, sagt er. »In Wirklichkeit ist das ein rarer, kost-
barer Gegenstand, der über viele Generationen auf uns
gelangt ist. Schon Lancelot hat ihn besessen, dann Sir Ga-
wain, und dann hat ihn der Schwarze Ritter eine Zeit lang
auf dem Herzen getragen.«

Ich sage: »Der Schwarze Ritter war also so eine Art
Pfadfinder, ja?«

Und Freak lacht: »Da entlang. Wir ziehn gen Osten in
geheimer Mission.«

Wir gehen kilometerweit. Am Teich vorbei, am Spielplatz, an der Schule, und dann streifen wir durch eine
ziemlich schicke Gegend mit großen weißen Häusern und
blauen Swimmingpools. Freak sagt dauernd Sachen wie
»Das da ist Schloss Nimmersatt« oder »Und das ist der
Burggraben«, und wenn wir unter Bäumen gehen, sagt er
»Vorsicht walten lassen« oder »Der Weg ist frei«, je nachdem wie tief die Äste herabhängen.

58   »Im Osten sind wir jetzt bestimmt«, sage ich. »Und
wann kommt endlich der Horizont?« Mir tun nämlich
langsam die blöden Füße weh, aber Freak tätschelt mir

den Kopf und sagt: »Der Horizont liegt immer hinter dem Horizont. Wenn du mir nicht glaubst, kannst du's gerne nachschlagen.«

»Nein, nein, ich glaub's auch so.«

Und immer weiter, ganze Straßenzüge lang durch all diese Stadtteile, von denen Freak sagt, in Wirklichkeit sind das geheime Königreiche. Ich wette, wir sind mindestens zwanzig Kilometer gegangen, meine Beine fühlen sich an, als wären es hundert gewesen, und so leicht Freak auch sein mag, er wird jetzt immer schwerer.

»Wir sind gleich da«, sagt er. »An der nächsten Ecke kannst du einbiegen.«

»Wo gehen wir eigentlich hin?«

»Wart's ab«, sagt er, »du wirst *staunen*.«

Vor uns liegt eine belebte Kreuzung, Autos zischen vorbei, das Ganze kommt mir irgendwie bekannt vor.

»Können wir nicht mal 'ne Cola trinken?«, frage ich. »Grim hat mir bloß einen Dollar mitgegeben, aber wir könnten uns ja eine Flasche teilen.«

Freak sagt: »Dann sei dies auch dein Lohn, treues Ross – Sucrose mit Farbstoff und kleinen Luftblasen. Vorwärts! Auf zur Festung!«

Die Festung sieht aus wie ein Teil von einem Krankenhaus, und das ist sie auch. Vorne ist sozusagen das normale Krankenhaus, und hinten ist ein neuer Flügel drangebaut. MEDIZINISCHE FORSCHUNG steht über dem Eingang, das weiß ich, weil ich es mir von Freak habe vorlesen lassen.

»Heißt das, die machen da Experimente und so was?«
Freak sagt: »In der Tat.«

»Und was für Experimente?«, frage ich.

»Kannst du ein Geheimnis für dich behalten?«, fragt er. »Schwörst du's bei deiner Ehre?«

»Klar. Bei meiner Ehre.«

Freak ist ganz aufgeregt, er zappelt so auf meiner Schulter herum, dass ich Angst habe, er fällt runter. »Das reicht noch nicht«, sagt er. »Du musst den Schwur mit Blut besiegeln.«

»Soll ich mir etwa in den Finger schneiden?«

»Nein«, sagt er, und man merkt, er denkt jetzt richtig nach. »Ein konkreter Einschnitt ist nicht nötig. Wenn du dir auf die Hand spuckst, tut es das auch.«

»Hä?«

»Speichel ist wie Blut ohne das Rot«, sagt er. »Tu was ich dir sage. Spuck dir in die Hand.«

Also spucke ich mir in die Hand, nur ein bisschen, aber Freak sagt, die Menge spielt keine Rolle, schon ein einziges Molekül wäre genug, denn eigentlich geht es nur ums Prinzip. »Jetzt leg die Hand aufs Herz«, sagt er.

Ich lege eine Hand aufs Herz.

»Jetzt schwöre bei deinem Herzen, dass die Fakten, die du gleich vernehmen wirst, nie ein Mensch erfahren soll.«

»Ich schwöre.«

Freak beugt sich nach unten, wölbt mir eine Hand ums Ohr und flüstert: »In diesem Gebäude gibt es ein Geheimlabor, die so genannte Forschungsgruppe Experimentelle Bionik. Die Gruppe hat den Auftrag, einen neuartigen bionischen Roboter zur Verbesserung des Menschen zu konstruieren.«

60 »Kapier ich nicht«, sage ich.

»Pst! Erzähl das niemandem, aber eines künftigen, noch nicht bestimmten Tages werde ich in dieses Labor gehen und als erster bionisch verbesserter Mensch wieder herauskommen.«

»Ich verstehe immer noch nicht, was das soll«, sage ich. »Bionik. Und sag jetzt bitte nicht, ich soll das im Wörterbuch nachschlagen.«

»Bionik«, sagt Freak. »Das ist die Wissenschaft von der Konstruktion von Ersatzteilen für den menschlichen Körper.«

»Also zum Beispiel künstliche Arme und Beine?«

»Darum ging's in grauer Vorzeit mal«, sagt Freak. »Diese Forschungsgruppe hier konstruiert einen kompletten neuen Körper etwa in meiner Größe.«

»Ach? Und wie soll der aussehen? Wie ein Roboter?«

»Wie ein menschlicher Roboter«, sagt Freak. »Und mir wird er natürlich auch ziemlich ähnlich sein, nur größer und besser.«

»Ist ja toll«, sage ich. »Gehn wir nach Hause, mir tun schon die Füße weh.«

Freak reißt mich an den Haaren. »Aber das ist wirklich wahr!«, sagt er, und seine Stimme überschlägt sich vor Aufregung. »Ich bin selbst da drin gewesen, bei diesen Forschern! Ich muss alle paar Monate für irgendwelche Tests dahin. Die haben meine Maße genommen, mein Blut und meinen Stoffwechsel analysiert, meine Herzfrequenz und meine Atemfunktion aufgezeichnet. Man hat bereits Röntgenaufnahmen und CAT-Scans und Sonogramme von mir angefertigt. Die rüsten mich für eine bionische Transplantation, ich werde der Erste sein.«

Er meint das wirklich ernst, das spüre ich. Diese Suche ist nicht gespielt, hier werden keine Häuser in Schlösser oder Swimmingpools in Burggräben verwandelt. Wir sind hier, damit Freak mir zeigen kann, wo er gewesen ist. Das ist ihm wirklich wichtig.

Ich kann das gut verstehen, auch wenn ich nichts von Bionik weiß und mir einen menschlichen Roboter nicht vorstellen kann.

»Wird es wehtun?«, frage ich. »Wenn du den neuen Körper kriegst?«

Freak schweigt eine Weile, dann sagt er mit seiner harten klugen Stimme: »Natürlich wird es wehtun. Na und? Schmerz ist nur ein Geisteszustand. Man kann sich aus allem herausdenken, auch aus Schmerzen.«

Die Sache beunruhigt mich doch sehr, und ich frage: »Aber warum willst du der Erste sein? Kann nicht irgendein anderer der Erste sein? Ist das nicht gefährlich?«

»Das Leben ist gefährlich«, sagt Freak. Man hört es ihm an, er hat oft darüber nachgedacht. Etwas später tritt er mich mit seinen kleinen Füßen und sagt: »Heimwärts.«

KAPITEL 10

RATTEN ODER SCHLIMMERES

Übrigens bin ich in diesem Sommer noch mehr gewachsen.

Eines Tages sieht Grim mich an und sagt: »Du läufst so viel zu Fuß, wahrscheinlich werden deine Beine davon immer länger. Und davon, dass du immer den armen Kevin herumträgst, gehst du anscheinend auch noch in die Breite.«

»Der ist doch gar nicht so schwer. Und außerdem ist es nicht fair, dass alle immer ›armer Kevin‹ sagen, nur weil er nicht gewachsen ist.«

Grim sieht mich lange an, richtig besorgt, dann räuspert er sich und sagt: »Du hast ja Recht, er ist wirklich ein ziemlich bemerkenswerter Junge.«

»Er kann fast das ganze Wörterbuch auswendig. Frag ihn, was du willst, er weiß immer eine Antwort.«

»Was du nicht sagst.« Grim macht ein selbstgefälliges Gesicht, als ob Freak mich womöglich angelogen hat und ein totaler Idiot wie ich das natürlich mal wieder nicht mitbekomme.

63

Am liebsten würde ich ihm sagen, dass er mit Freak und dem Wörterbuch schief liegt, aber ich halte die Klappe und verziehe mich in die Unterwelt.

Grim ist schon in Ordnung, manchmal jedenfalls, zum Beispiel als Tony D. uns in den Teich gejagt hatte, aber meistens bildet er sich ein, er weiß alles, und das stimmt eben nicht. Und wenn ihr mir nicht glaubt, seht unter »Grim« im Wörterbuch nach, da steht bestimmt nichts von einem »klugen Erwachsenen«. Hat sich was.

Jedenfalls hänge ich in der Unterwelt rum und höre mir auf dem billigen Walkman, den ich letzte Weihnachten bekommen habe, ein paar von meinen Thrash-Kassetten an, als plötzlich Freak neben dem Bett auftaucht. Mit den auf Mega-Dezibel aufgedrehten Kopfhörern in den Ohren habe ich nicht gehört, wie er gekommen ist, er ist einfach plötzlich *da*, zack, und ich bin vor Schreck bestimmt einen halben Meter hoch gesprungen.

Freak verdreht die Augen und sagt: »Ah, wie doch Musik das wilde Tier besänftigt.«

»Wie bist du reingekommen?«

»Glaubst du an Teleportation? Nein? Dann bin ich eben wie immer durch die Falltür gekommen. Und wie immer will ich eine Suche vorschlagen.«

»Mir tun die Füße weh«, sage ich.

»Komm schon! Wir brauchen die Gegend nicht einmal zu verlassen.«

»Cool. Und was für eine Suche ist es diesmal?«

Freak grinst. »Eine Schatzsuche. Nur dass wir eigentlich gar nicht suchen müssen, weil ich nämlich schon weiß, wo der Schatz ist.«

»Wo?«

»Unter der Erde«, sagt er. »Genauer gesagt, unter einem Gullideckel.«

»Na prima«, sage ich und setze mich wieder aufs Bett. Freak sieht mich von der Seite an, und ich spüre, er hat mir noch nicht alles verraten. Das macht er oft so: nur nicht alles auf einmal.

»Ehrlich«, sagt er. »Der Schatz ist in einem Gulli versteckt. Ich habe mich durch visuelle Inspektion selbst davon überzeugt.«

»Ein Schatz in einem Gulli? So richtig Gold und Diamanten und so weiter?«

»Möglich«, sagt er geheimnisvoll. »Alles ist möglich.«

Allerdings müssen wir noch warten, bis es Nacht ist, damit uns niemand beobachten kann, wenn wir an dem Gullideckel rumfummeln. Und nicht irgendwann in der Nacht, sagt Freak, sondern genau um drei Uhr morgens müssen wir das machen.

»Das Dunkelheitsmaximum tritt exakt um drei Uhr null Minuten ein«, sagt er und sieht auf die neue Uhr, die seine Mutter ihm geschenkt hat und auf der man auch ablesen kann, wie viel Uhr es gerade in Tokio ist, falls einen das interessiert. »Wir müssen uns schwarz anziehen und uns die Gesichter mit Ruß einreiben.«

In den nächsten zwei Stunden versuchen wir Ruß aufzutreiben, aber wie sich herausstellt, müsste man dazu einen Kamin oder einen Ofen haben; am Ende schließt sich Freak meinem Vorschlag an, dass wir normale Erde nehmen sollten, damit geht's auch.

»Ich habe eine schwarze Jeans«, sage ich, »aber kein schwarzes Hemd. Kann ich nicht einfach ein schmutziges nehmen?«

Freak zieht ein Gesicht und sagt: »Was für eine *abartige* Idee. Wegen des Hemds mach dir mal keine Sorgen, ich bring dir eins mit. Wie sieht's mit schwarzen Strümpfen aus?«

Habt ihr auch schon mal gemerkt, wie lange es dauert, bis etwas passiert, wenn man weiß, dass es passieren *soll*? Mein Walkman hat einen eingebauten Wecker, den stelle ich auf zwei Uhr morgens und lege mich dann mit den Kopfhörern ins Bett; aber bevor man aufwachen kann, muss man erst mal einschlafen, und das schaffe ich nicht, weil ich die ganze Zeit darauf warte, dass der Wecker angeht. Typisch für einen Blödmann wie mich, ich weiß.

Die Nacht ist warm, ich liege wach im Dunkeln und überlege: *Ein Schatz im Gulli? Was soll das nun schon wieder? Hat Freak sich das alles nur ausgedacht oder was?*

Und dann ist da noch diese Grille, die schrammelt und quietscht vor sich hin, ein Geräusch, das mir normalerweise nichts ausmacht, aber wenn man versucht einzuschlafen, *macht* es einem was aus, und dann will man nur noch eine große Dose Paral und das Vieh nach Disney World oder in den Insektenhimmel schicken, oder was weiß ich, wo Grillen hinkommen, wenn sie tot sind.

Frage: Woher weiß Freak überhaupt von dem Zeug im Gulli?

Frage: Wieso müssen wir uns Erde ins Gesicht schmieren?

Frage: Warum um drei Uhr morgens?

66 Frage: Wie lange leben Grillen eigentlich?

Bei den ersten drei gebe ich irgendwann auf. Bleibt noch die Sache mit der Grille, aber das kleine Mistvieh ist ganz schön schlau, jedes Mal wenn ich ihm zu nahe komme, hört es auf zu zirpen, und deswegen finde ich es nicht und kann es nicht mit dem Schuh platt hauen, obwohl ich das nur zu gerne täte, auch wenn Grillen angeblich ja harmlos sein sollen.

Und dann, nach einer halben Ewigkeit, ist es endlich halb drei; ich finde, das ist pünktlich genug, also ziehe ich los, um wie versprochen unter Freaks Fenster zu warten.

Kein Mond, der Himmel schwarz und leer, die Gärten so verlassen, dass es richtig unheimlich ist, aber auch aufregend – immerhin bin ich noch nie zu dieser Zeit allein draußen gewesen.

Ich falle nur zweimal hin, gar nicht übel, wenn man bedenkt, wie finster es ist. Als ich bei Freaks Fenster ankomme, wartet er da schon auf mich.

»Du hörst dich an wie ein kaputtes Auto«, sagt er. »Hier, zieh lieber dieses Hemd an, damit du im Dunkeln nicht so leuchtest.«

Er gibt mir durchs Fenster ein Hemd, das sich reichlich bescheuert anfühlt.

»Hey, Moment mal, das ist doch eine Bluse von deiner Mutter!«

»Aber schwarz«, sagt er. »Das ist die Hauptsache. Der Tarnfaktor.«

»Vergiss es«, sage ich und gebe ihm die Bluse der schönen Gwen zurück.

Freak stöhnt. »Na gut«, sagt er. »Dann wälz dich auf dem Boden, damit du etwas dunkler wirst.«

Das geht leicht und ist auf jeden Fall besser, als so eine dämliche Bluse zu tragen. »Und was ist mit dir ?«, frage ich, so dick mit Staub paniert, dass ich beinahe niesen muss.

»Hüte dich vor der Macht, Erdling!«, sagt Freak, und als er sich im Fenster aufrichtet, sehe ich, dass er ein Darth-Vader-Kostüm anhat, allerdings ohne die Maske. Er macht das Fenster ganz auf, und ich hebe ihn raus und setze ihn mir auf die Schultern.

Er sagt: »Gelobe mir deine Loyalität«, und ich: »Hä?«, und er: »Schon gut, wir haben jetzt keine Zeit, ›Loyalität‹ nachzuschlagen. Versprich mir einfach, dass du tun wirst, was ich dir sage.«

»Versprochen.«

»Geh bis zur nächsten Ecke«, befiehlt er. »Versuch uns beide im Schatten zu halten.«

Das ist einfach, denn die Straße ist ein einziger großer Schatten. Es ist so dunkel, dass ich kaum meine Füße sehen kann, vielleicht habe ich auch Dreck in den Augen; auf alle Fälle kann uns niemand sehen, und zwar weil überhaupt niemand da ist, der uns sehen könnte. Man käme gar nicht auf die Idee, dass hier Leute wohnen, ganz zu schweigen von einer ganzen Straße voller Leute; ich komme mir vor wie auf einem unbewohnten Planeten oder so was.

»War der echte Darth Vader auch so groß?«, fragt Freak von seinem Hochsitz auf meiner Schulter.

»Ich dachte, den gibt's nur im Film.«

»Du weißt genau, wie ich das meine. Was ist das?«

Das ist eine Katze, die mir so plötzlich zwischen die Beine läuft, dass mein Herz laut *bumm* macht.

»Eine schwarze Katze?«, will Freak wissen.

»Zu dunkel, konnte ich nicht erkennen«, sage ich. »Sind wir nicht bald da?«

Schließlich komme ich dahinter, dass ich nur deswegen

so wenig sehe, weil mir der Darth-Vader-Umhang vor den Augen hängt; aber inzwischen sind wir an der Ecke angekommen, und dort vorm Bordstein sehe ich den Gullideckel.

»Versuch, ob du ihn hochziehen kannst«, sagt Freak. Er steht da mit verschränkten Armen und hat einen Gesichtsausdruck – also, er sieht *wirklich* aus wie ein Darth Vader im Kleinformat.

Ich packe das Gulligitter mit beiden Händen und ziehe mit aller Kraft, aber es tut sich nichts.

»Krieg ich nicht von der Stelle.«

»Versuch's noch mal«, sagt er. Wie er so dasteht, könnte man ihn glatt für den Herrscher des Universums halten.

Ich versuch's noch mal, aber der Deckel ist wahrscheinlich mit Superkleber oder so was festgeklebt. Unmöglich, ihn hoch zu heben. Freak zupft mich am Hosenbein und sagt: »Damit tritt jetzt Option Zwei in Kraft.«

Er greift in seinen kleinen Umhang und zieht erst eine Taschenlampe raus, eins von diesen winzigen Dingern, die irgendwie aussehen wie ein Feuerzeug, und dann auch noch eine Spule Drachenschnur.

»Ich habe für die Bergung eine spezielle Apparatur konstruiert«, sagt Freak.

»Sieht aus wie eine aufgebogene Büroklammer an einer Schnur«, sage ich, und Freak sagt, ich soll den Mund halten und seine Anweisungen ausführen.

»Du hältst die Schnur«, sagt er. Dann kniet er sich hin und leuchtet mit der Minitaschenlampe durch das Gitter. »Kannst du es sehen?«, fragt er. »Siehst du's?«

Ich strenge mich an, aber da ist kaum was zu sehen,

und außerdem stinkt es, als ob da unten irgendwas gestorben ist, und wenn ich's mir recht überlege, wird's wohl auch so sein. Ratten oder Schlimmeres.

»Da unten«, sagt Freak. »Der Lichtstrahl hat's genau erfasst.«

»Das? Das ist bloß Müll.«

»Falsch«, sagt Freak ziemlich wild. »Es sieht *aus* wie Müll. Könnte aber durchaus sagenhaften Reichtum in sich bergen. Lass die Schnur runter und versuch, ob du es an den Haken kriegst.«

Ich denke, Mann, bin ich blöd, mich mitten in der Nacht für diesen kleinen Darth Vader im Dreck zu wälzen, damit er irgendwelche albernen Spielchen treiben kann; aber ich tue, was er verlangt, ich lasse den Haken runter, und sehr zu meiner Überraschung bleibt er tatsächlich an etwas hängen, und als ich die Drachenschnur ein wenig anhebe, kann ich auch erkennen, was es ist.

»Eine Handtasche«, sage ich. »Sieht aus wie eine hässliche alte Handtasche.«

»Vorsichtig«, sagt Freak. »Zieh sie ans Gitter, damit ich den Gurt zu fassen kriege.«

Ich hole die Schnur ganz langsam ein, und als Darth – Verzeihung, Freak – seine kleine Hand durch das Gitter gezwängt hat, packt er die aufgeweichte alte Tasche und lässt sie beinahe wieder fallen. Ich zerre an der Drachenschnur, und irgendwie gelingt es uns, das eklige Ding durch die Gitterstäbe zu quetschen.

»Puh! Auftrag erfüllt«, sagt Freak.

70   Die alte Handtasche ist nass und zerfetzt, ich möchte sie nicht anfassen, beziehungsweise höchstens mit Handschuhen.

»Würg«, sage ich. »Die hat bestimmt einer durchs Klo gespült.«

»Von wegen«, sagt Freak. »Ich habe gesehen, wie einer von Tony D.s Affen sie gestern Vormittag da reingestopft hat.«

»Ach ja? Dann haben sie die bestimmt geklaut.«

»Zweifellos«, sagt Freak. Er lässt den Verschluss aufspringen und leuchtet mit seinem Lämpchen in die Tasche.

Inzwischen ist mir klar, dass wir da keinen Schatz mehr finden werden, aber natürlich ist es ziemlich cool, etwas zu entdecken, das Klinges Bande irgendeiner kleinen alten Frau weggerissen hat.

»Eine Brieftasche«, sagt Freak und schlägt so ein billiges Mäppchen auf, in dem man Kreditkarten und so was aufbewahren kann.

Geld ist keins drin, aber ein Plastikausweis, und auf dieser Plastikkarte steht ein Frauenname.

»Loretta Lee«, sagt Freak. »Ich halte jede Wette, die Jungfer ist in Gefahr.«

Wie sich herausstellt, stimmt das sogar fast. Das heißt, genau genommen müsste man sagen: die Jungfer *ist* eine Gefahr, nämlich für andere. Wie wir schon am nächsten Tag herausfinden sollen.

KAPITEL 11

DIE JUNGFER
IST EINE GEFAHR

Die Adresse auf dem Ausweis führt uns in die Gegend hinter dem Mühlteich. Die Häuser dort wurden von einer Firma gebaut, die sich »Neue Investment« nannte, und deswegen sagen nun alle »die Neuen Testamente« dazu. Gram hat mir erklärt, dass das aber nichts mit der Bibel zu tun hat.

»Die Leute machen halt solche Scherze«, sagt sie. »Von mir aus nenn das, wie du willst, aber du gehst mir niemals dort hin. Ist das klar, Maxwell, mein Junge?«

Weil ich sowieso nie Lust hatte, in die Testamente zu gehen, fiel es mir ziemlich leicht, dieses Versprechen zu halten; und an dem Tag, nachdem wir diese aufgeweichte Handtasche aus dem Gulli gefischt hatten, erklärt mir Freak, dass man unter besonderen Umständen, zum Beispiel wenn man sich auf einer Suche befindet, auch schon mal ein Versprechen brechen darf.

»Vielleicht bekommen wir sogar eine Belohnung«, sagt er.

»Die Frau hat bestimmt nicht viel Geld, sonst würde sie

73

nicht in den Testamenten leben«, sage ich. »Da leben nur arme Leute. Und Drogensüchtige.«

Wir gehen also zum Spielplatz und schleichen, falls uns jemand beobachten sollte, hinter den Bäumen weiter und dann um den Teich herum. Freak reitet auf meinen Schultern, wie er es jetzt fast immer macht. Auf diese Weise braucht er sich nicht mit der Beinschiene oder den Krücken abzuschleppen, und mir selbst gefällt es auch, über meinem eigenen so einen richtig klugen Kopf zu haben, der mir beim Denken hilft.

Freak redet wie ein Weltmeister, erzählt alles Mögliche über die Tafelrunde und wie wichtig diese Suchen sind und warum Ritter Eide leisten müssen, was nicht dasselbe wie Schwören ist, und ich bemühe mich, zuzuhören und keine Fragen zu stellen, denn wenn ich Fragen stelle, zückt er sein Wörterbuch.

Als wir dann aber in die Testamente kommen, verstummt Freak plötzlich. Das Viertel ist ziemlich groß, ein trauriger Haufen verfallener Wohnhäuser, wo es nach Fisch und saurer Milch stinkt. Überall liegen Fahrräder und Spielzeug herum, das meiste verbeult und kaputt, und die kleinen Kinder, die hier wohnen, sind fast so verwahrlost wie ihr Spielzeug. Als sie uns kommen sehen, kreischen sie los und laufen weg, aber man merkt, dass sie nicht richtig Angst haben, sie tun bloß so, als ob wir Monster wären oder so was, Hilfe, Hilfe.

»Vielleicht sollten wir uns diese Suche doch noch einmal überlegen«, sagt Freak. Er wird jetzt reichlich nervös und rutscht auf meinen Schultern immer aufgeregter hin und her.

Aber jetzt stehen wir schon vor der Wohnungstür, und

ich sage: »Vielleicht braucht sie diesen Ausweis ja wirklich«, also ist es meine Schuld, was dann passiert ist.

Die Tür geht auf, bevor wir geklingelt haben; eine Hand erscheint, tastet nach dem Briefkasten, nimmt die zusammengerollte Zeitung und verzieht sich wieder. Richtig unheimlich, wie die Hand da so blind herumtappt. Nichts wie weg hier, denke ich.

Aber bevor ich meine Beine in Gang bringen kann, zetert plötzlich eine Frauenstimme los.

»Iggy!«, sagt sie. »Iggy, komm her und sieh dir das an!«

Sie steht jetzt in der Tür, eine dürre blonde Frau mit kleinen stechenden Augen und verschmierten roten Lippen. Sie trägt einen vergammelten alten Bademantel und hat eine Zigarette im Mund, sie blinzelt uns an und verzieht das Gesicht.

»Iggy«, sagt sie aus dem Mundwinkel, »komm her und sag mir, haben wir den Zirkus in der Stadt oder was?«

Und dann steht auf einmal so ein großer haariger Typ mit einem dicken Bierbauch in der Tür; seine mächtigen Arme sind mit blauen Tätowierungen bedeckt und sein Bart könnte aus rotem Stacheldraht gemacht sein.

»Das ist nicht der Zirkus«, sagt er und spuckt einen dicken Klumpen vor die Tür. »Sieht mir eher nach Karneval aus.«

Freak sagt kein Wort und ich will nur noch weg, also sage ich: »Entschuldigung, Hausnummer verwechselt.« Aber als ich den Rückzug antrete und aufpasse, dass ich nicht über ein Dreirad stolpere, springt der haarige Typ mit einem Satz aus der Tür und stellt sich mir in den Weg.

»Nicht so hastig«, sagt er. »Wer hat euch geschickt?«

»Den Großen kenne ich«, sagt die Frau. Sie fuchtelt mit

ihrer Zigarette herum und kneift die Augen zusammen, man sieht richtig, sie ist hinter irgendeinem Gedanken her wie ein Hund hinter einem Knochen. »Den hab ich schon mal irgendwo gesehen. Kommt er dir nicht auch bekannt vor, Iggy?«

Endlich sagt Freak auch etwas: »Bitte entschuldigen Sie, wir haben uns in der Adresse geirrt. Eigentlich suchen wir, ähm, eine gewisse Loretta Lee.«

Der Tätowierte hört sich das an und dann lacht er laut los, so ein schmieriges Lachen tief aus seinem dicken Bauch heraus. »Hast du das gehört, Loretta?«, sagt er. »Ist das eine alte Flamme von dir oder was?« Dann streckt er plötzlich die Hand aus und stößt mich so fest an die Brust, dass mir die Luft wegbleibt. »Sitzt du auf deiner Zunge, Mann?«, fragt er. »Macht ihr einen auf siamesische Zwillinge?«

Als Antwort fällt mir nur ein, »Na so was« zu sagen, weil die Adresse also doch gestimmt hat. Die Frau im Bademantel ist Loretta Lee, und was noch wichtiger ist: Iggy ist Iggy Lee, und ich komme mir vor wie ein Vollidiot, denn von Iggy Lee habe ich schon gehört, er ist der Boss der Panheads, einer ziemlich berüchtigten Rockerbande.

»Wir haben Ihre Handtasche gefunden!«, platzt Freak heraus und schmeißt ihnen die Tasche hin; Iggy Lee fängt sie mit einer Hand und sieht Loretta verstohlen an, als ob er noch eine Menge Spaß mit uns haben würde.

»Willst du nicht reinkommen?«, sagt er und sieht zu Freak hoch. »Du und Frankenstein.«

»Bedaure«, sagt Freak, und seine Stimme quietscht ein bisschen. »Wir können Ihre Einladung leider nicht annehmen, weil wir, ähm, weil wir jetzt gehen müssen.«

Loretta schnippt mir ihren Zigarettenstummel vor die Füße und sagt: »Wenn Iggy sagt, kommt rein, solltet ihr besser gehorchen.«

Also gehen wir rein. Ich muss mir Freak von der Schulter heben, sonst passen wir nicht durch die Tür, und dann sieht mich Loretta durchdringend an und sagt: »Den kenne ich doch. Irgendwie von früher, Iggy. Findest du nicht auch?«

Iggy hört ihr nicht zu, er zeigt auf einen vergammelten Stuhl und sagt: »Setz dich, es macht mich nervös, immer so nach oben zu sehen.«

Loretta kommt dazu und sagt: »Mach mir Iggy nicht nervös. Nicht so früh am Tag. Der Letzte, der ihn nervös gemacht hat, den mussten sie …«

»Halt den Mund, Loretta«, sagt Iggy mit gedämpfter Stimme. »Ich überlege. Du hast Recht, er kommt mir *wirklich* bekannt vor.«

Ich setze mich auf den Stuhl; fühlt sich an, als ob er gleich auseinander kracht. Freak ist neben mir, ich merke, er bemüht sich, aufrecht zu stehen, aber das ist gar nicht so leicht, weil er innen drin ganz krumm ist.

»Namen«, sagt Iggy.

Freak räuspert sich und versucht seine Stimme tief und erwachsen klingen zu lassen. »Entschuldigen Sie, aber wir müssen nach Hause. Wir haben es wirklich eilig.«

Iggy streckt die Hand und schnipst Freak an die Nase, zack. Es tut bestimmt sehr weh, aber Freak sagt kein Wort, er verkrampft sich nur.

Iggy sagt: »Wenn ich euch eine Frage stelle, habt ihr gefälligst zu antworten. Kapiert? Namen. Ich will eure Namen wissen.«

Freak nennt seinen Namen und dann meinen und Iggy tätschelt ihm den Kopf. »Gut gemacht«, sagt er. »War doch gar nicht so schwer, oder? Nächste Frage. Wo habt ihr Lorettas Handtasche her?«

Freak erzählt ihm, dass wir sie in einem Gulli gefunden haben. Von unseren schwarzen Klamotten sagt er nichts, und auch nichts von seinem Darth-Vader-Kostüm oder irgendwelchen Rittergeschichten.

»Nächste Frage«, sagt Iggy. »Wo ist das Geld?«

Loretta hustet an der nächsten Zigarette und sagt: »Aber ich hatte doch gar kein Geld drin, Iggy«, aber er sagt bloß: »Halt den Mund, Loretta.« Sie hustet noch einmal und hält den Mund. Man kann sehen, sie hat Angst vor Iggy: Immer wenn er was sagt, verkrampft sie sich.

Freak sagt: »Ich habe zwei Dollar dabei, die können Sie haben. Aber jetzt müssen wir wirklich nach Hause.«

Iggy betrachtet ihn mit einem Blick, als ob er ernsthaft überlegt, ob er sich übergeben soll. Dann sagt er: »Was soll das, ihr müsst nach Hause? Wir unterhalten uns doch grade so nett.«

Plötzlich springt Loretta auf und ruft: »Iggy! Iggy! Ich hab's! Kenny Kane! Erinnerst du dich an Kenny Kane?«

Ich denke noch, jetzt schlägt er sie, aber dann entspannt er sich wieder und starrt mich mit großen Augen an, und dann nickt er und sagt: »Klar. Das ist es. Kenny Kane. Du hast Recht, der erinnert einen an Killer Kane. Muss sein Sohn sein. Ja, bestimmt sogar.«

Loretta sieht richtig glücklich aus, dass sie endlich drauf gekommen ist; sie läuft in die Küche und macht den Kühlschrank auf, und wir hören sie lachen: »Ich hab's gewusst, ich hab's *gewusst*.«

Sie kommt mit zwei Dosen Bier zurück, reißt beide auf und gibt eine davon Iggy. »Das Frühstück der Champions«, sagt sie. »Was für eine Überraschung! Weißt du noch, wie der alte Kenny …«

»Halt den Mund, Loretta!«, sagt Iggy. Dann zieht er sich das Bier rein, zerquetscht die Dose in der Faust und lässt sie auf den Boden fallen. Erst jetzt bemerke ich die vielen anderen zerdrückten Dosen, überall liegen sie rum, das ganze Zimmer sieht aus wie ein Mülleimer oder ein großer Aschenbecher oder so was.

Freak sieht mich an, als ob er keine Ahnung hätte, was hier eigentlich vor sich geht; und dieser Blick macht mir größere Angst als Iggy Lee und seine Tätowierungen.

»Den andern kenne ich auch«, sagt Loretta und schnippt mit den Fingern. »Diesen Zwerg oder wie man so was nennt. Das muss der Kleine von Gwen sein. Erinnerst du dich an Gwen? Die großkotzige Gwen?«

»Nein«, sagt Iggy. Seine Augen bohren sich in mich rein. »Nie von einer Gwen gehört.«

Loretta sagt: »Macht nichts. Was für eine Überraschung. Kenny Kane. Wie die Zeit vergeht, stimmt's, Ig? Ich weiß noch, wie die zwei geboren wurden. Und dann, vielleicht zwei Jahre später, macht Kenny diese Sache und wandert in den Bau.«

Iggy sagt: »Richtig. Ich kenn einen, der mit ihm gesessen hat.« Er sieht mich unheimlich an und sagt: »Wenn du den Alten mal besuchen gehst, richtest du ihm einen Gruß von Iggy aus, okay?«

»Ich glaube nicht, dass er seinen Vater überhaupt kennt, Ig. Er war ja noch ein ganz kleines Kind, als das passiert ist. Stimmt's?«

Ich antworte nicht, und Freak sieht mich an, als ob er mich noch nie gesehen hätte, und dann sagt Iggy: »Killer Kane. Das war einer von der ganz üblen Sorte.«

Loretta sagt: »Ich habe gehört, er hat da drin zu Gott gefunden. Ist fromm geworden. Stimmt das?«

»Weiß ich nicht.«

Iggy schnaubt: »Er weiß es nicht. Weißt du überhaupt irgendwas?«

Ich schüttele den Kopf.

Loretta sagt: »Der Junge ist schwachsinnig, Ig. Wahrscheinlich hat er überhaupt keine Ahnung, wie groß und stark er ist.« Sie stupst Iggy an oder kitzelt ihn und sagt mit dieser komischen Kicherstimme: »Versuche, ob du das rausfinden kannst. Ob er wirklich so stark ist, wie er aussieht.«

Iggy macht ein finsteres Gesicht und sagt: »Lass den Quatsch, Loretta.« Er sieht mich lange an, und dann zeigt er mit dem Daumen zur Tür und sagt: »Schluss mit lustig, Leute. Verzieht euch, aber plötzlich!«

Loretta sagt: »Aber Iggy, sei doch nicht so ein Spielverderber.«

»Jetzt bist *du* schwachsinnig, Loretta. Was glaubst du, was passiert, wenn Killer Kane erfährt, ich hätte seinen Sohn verprügelt? Kann ich drauf verzichten.«

»Der hat doch lebenslänglich«, sagt sie. »Mach dir nicht ins Hemd.«

»Lebenslänglich heißt nicht bis ans Lebensende. Wie oft soll ich dir das noch sagen?«

80 Loretta blinzelt ihn an und sagt: »Ist das wahr? Du meinst, er kommt eines Tages raus?« Und Iggy sieht mich an und sagt mal wieder, sie soll den Mund halten.

Als wir endlich an der Tür stehen, kommt Loretta auf die Idee, Freak mit der Hand über den Kopf zu fahren. Und zwar richtig fest, mit den Knöcheln.

»Das bringt Glück«, sagt sie zu Iggy. »Es bringt Glück, wenn man einem Zwerg den Kopf streichelt.«

Freak versucht wegzutauchen und sagt: »Ich bin kein Zwerg, und ich bringe kein Glück.«

Also lässt Loretta die Sache sein, richtet sich wieder auf, verschränkt die Arme und sagt: »He, kleiner Mann! Ich weiß alles über dich. Dein Alter war ein Zauberer. Hast du das gewusst?«

Freak ist hinter mir in Deckung gegangen, aber als sie das sagt, spüre ich, er will mehr über seinen Vater erfahren, zum Beispiel, ob das stimmt, ob er wirklich ein Zauberer war.

»Ja«, sagt Loretta. »Gleich nach deiner Geburt. Er *muss* ein Zauberer sein, denn kaum hat er das magische Wort ›Geburtsfehler‹ gehört, ist er verschwunden.«

Eine Sekunde später schiebt Iggy uns durch die Tür.

KAPITEL 12

KILLER KANE, HALLO, HALLO, DEIN SOHN IST DUMM WIE BOHNENSTROH

Freak tut mir echt Leid, er kann es nämlich nicht ausstehen, wenn die Leute ihm den Kopf streicheln, weil das angeblich Glück bringt, aber ich sage kein Wort, ich bringe uns nur nach Hause, nehme die Abkürzung um den Teich und komme dabei mit meinen großen Füßen kein einziges Mal ins Stolpern – ich habe auf Automatik geschaltet, ich laufe wie eine Maschine.

»Mannomann!«, sagt Freak, als wir vor seinem Haus angekommen sind. »*Das* war vielleicht ein Abenteuer, was?«

»Bei so einer fiesen Type wie Iggy Lee können wir von Glück reden, dass wir mit dem Leben davongekommen sind.«

Freak sagt: »Unsinn, das war doch alles nur Geschwafel.«

Von wegen. In Wirklichkeit hatte ich die ganze Zeit, als wir da waren, eine Heidenangst, und Freak auch, auch wenn er das jetzt nicht zugeben will.

»Das mit meinem Vater stimmt übrigens«, sagt Freak.

Er betrachtet seine Fingernägel und hat wieder die coole Nummer drauf. »Die schöne Gwen spricht nicht darüber. Sie sagt bloß immer: ›Er hat seine Entscheidung getroffen und ich meine.‹ Aber ich weiß, dass er meinetwegen weggelaufen ist. Und soll ich dir was sagen?«

»Ja?«

»Auf so einen kann ich sowieso verzichten.«

Aus irgendeinem Grund bringt mich das zum Lachen. Vielleicht liegt es daran, wie er das sagt, oder dass mir immer noch die Nerven flattern von unserem Besuch in den Neuen Testamenten. Jedenfalls wälze ich mich wie ein Irrer auf dem Boden, und Freak stolziert um mich her und sagt Sachen wie: »Loretta, meine Königin, wollt Ihr mir die Hand zur Ehe reichen?« und »Sir Iggy, würdet Ihr uns den großen Gefallen tun und Euch in Euer Schwert stürzen?« Und ich lache und lache, bis ich kaum noch Luft bekomme.

Danach ist alles ziemlich in Ordnung. Nur eins tun wir nicht, wir reden nicht über meinen Vater, den guten alten Killer Kane. Und das kann mir nur recht sein.

Schule.

Seit ungefähr einer Woche kriege ich jedes Mal einen kleinen Stich, wenn ich dieses Wort höre. Gram versucht so zu tun, als ob sie sich freut, dass ich endlich in der achten Klasse bin, als ob das wirklich eine große Sache wäre. Aber eigentlich ist es ein Witz, denn ich bin bloß deshalb aus der siebten Klasse versetzt worden, weil – Zitat – sich auch mal andere Lehrer mit diesem Strohkopf herumschlagen sollen, wir haben die Nase voll von Maxwell Kane – Ende des Zitats.

Gram geht mit mir ins Einkaufszentrum, um mich neu einzukleiden; das macht etwa so viel Spaß wie ein Besuch beim Zahnarzt, ist aber vielleicht sogar noch schlimmer, denn beim Zahnarzt sitzt man wenigstens auf einem Stuhl und die Tür ist zu, aber mit Gram im Einkaufszentrum, da heißt es: Hallo, Leute, hier bin ich, seht mich gut an.

Die Schuhverkäuferin grinst mich komisch an und sagt: »Größe einundfünfzig? Gibt's überhaupt so große Schuhe?« Und Gram sagt: »Das will ich doch meinen, Verehrteste, fragen Sie mal beim Geschäftsführer nach.« Und dann sieht sie mich an und sagt: »Maxwell, du bist hier nicht im Operationssaal, tu mir also *bitte* den Gefallen und mach nicht so ein Gesicht, als ob du verletzt wärst. Und sei bitte etwas höflicher.«

Also wirklich. Als dann der Geschäftsführer mit diesen Brand-X-Joggingschuhen ankommt, will er mir helfen, meine alten Schuhe auszuziehen; anscheinend meint er, ich kann das nicht selbst, aber ich seh ihn kurz an, und da weicht er zurück und lässt mich das alleine machen.

»Schnür das doch mal richtig zu, mein Junge«, sagt Gram, als ich in den neuen Schuhen herumschlurfe.

»Das ist heute modern so«, sagt der Geschäftsführer und kichert hihihi. »Die Schuhe sind eigens dafür ausgerichtet. Man *braucht* sie nicht mehr zu schnüren.«

Nur um zu beweisen, was für ein Schwachkopf er ist, binde ich mir die Schnürsenkel zu, und das macht Gram glücklich. Manchmal ist es richtig komisch, wie wenig man tun muss, um sie glücklich zu machen, nur dass man das nie genau weiß, bis man es getan hat. Kann das irgendjemand kapieren?

Schließlich sind wir aus dem Einkaufszentrum raus, und ich habe genug neue Kleider für, wie Grim erklärt, mindestens eine Woche.

»Du brauchst ihm nur die Aufschläge runterzulassen«, sagt Grim. »Aber was sage ich da? Heutzutage gibt's ja keine Aufschläge mehr.«

»Ich finde, er sieht doch ganz gut aus«, sagt Gram. »Maxwell, dreh dich bitte einmal herum. Und lass das Hemd in der Hose.«

»Ach, lass ihn«, sagt Grim. »Der Junge ist doch kein Mannequin.«

»Ich komm da einfach nicht mit«, sagt Gram. »Unser kleiner Maxwell wird erwachsen.«

»Wachsen stimmt schon eher«, sagt Grim. »Der Junge wächst und wächst.«

Die Sache ist die: Freak und ich sind jetzt in derselben Klasse. Weil man mich eigentlich nicht in die Klasse mit den besseren Schülern stecken wollte, hat er die schöne Gwen gebeten, mit den Leuten in der Schule zu reden, und am Ende haben sie sich überzeugen lassen, dass es für Freak bestimmt gut wäre, wenn er jemanden hätte, der ihm das Gehen und so weiter etwas erleichtern könnte.

Gram scheint das irgendwie zu beunruhigen, sie will die Papiere nicht unterschreiben; vielleicht meint sie, in der Förderklasse hätte ich mehr gelernt und in der Begabtenklasse würde ich nur noch mehr verblöden. Aber dann schleiche ich eines Tages ganz leise die Kellertreppe hoch und höre Grim sagen: »Wir sollten es versuchen. Alles andere hat nichts genützt, vielleicht braucht er einfach einen Freund, jedenfalls hat ihm das bei all diesen Sonderlehrern bisher gefehlt.« Und am nächsten Morgen unterschreibt sie die Papiere, und als wir am ersten Tag in die Schule kommen, hilft Freak mir, meinen Namen auf der Liste zu finden, und tatsächlich, es stimmt, wir sind in derselben Klasse.

Die anderen Kinder sind erst einmal alle so damit beschäftigt, cool auszusehen und cool aufzutreten und mit ihren neuen Klamotten anzugeben, dass sie kaum mitbekommen, wie ich Freak in der Pause auf den Schultern herumtrage oder dass er im Unterricht neben mir sitzt. Aber das legt sich schnell, und als wir aus der Mathestunde kommen, in der bloß Lehrbücher ausgeteilt und ein paar Zahlen an die Tafel geschrieben wurden, kann man es überall flüstern hören.

He, wer ist denn dieser Zwerg? Und das da ist doch Mad Max. Ich glaub ich muss kotzen. Sind die aus dem Zirkus ausgebrochen, oder was? Mannomann, das ist ja absolut *widerlich*.

»Maxwell Kane?«

Das ist die Englischlehrerin, Mrs Donelli. Sie ist neu an der Schule, und als ich nicke und den Bleistift hebe, sagt sie: »Maxwell, steh bitte auf und erzähl uns, was du im Sommer erlebt hast.«

Wäre sie nicht neu an der Schule, hätte sie das nicht gesagt; denn im Unterricht aufzustehen und irgendwas zu erzählen, das bring ich nicht.

»Maxwell«, sagt sie, »stimmt etwas nicht?«

Inzwischen ist es ziemlich laut, und die anderen rufen Sachen wie: »Den können Sie vergessen, Mrs Donelli, das ist ein Hirnamputierter!«

»Der kann nicht bis drei zählen!«

»Fragen Sie ihn mal nach seinem Vater!«

»Killer Kane, hallo, hallo, dein Sohn ist dumm wie Bohnenstroh!«

Mrs Donelli macht ein Gesicht, als ob sie in was reingetreten ist und es nicht vom Schuh wegbekommt. Die anderen schreien und singen immer weiter, und dann fangen die Ersten an, uns mit irgendwelchen Sachen zu bewerfen, mit Bleistiften und Radiergummis und Papierknäueln, und Mrs Donelli weiß anscheinend auch nicht, was sie dagegen unternehmen soll, die ganze Klasse ist außer Kontrolle.

Dann klettert Freak auf sein Pult, was ihn ungefähr so groß macht wie einen normalen Menschen, und schreit aus vollem Hals los.

»Ruhe!«, schreit er. »Ruhe im Gerichtssaal! Ich fordere Gerechtigkeit!«

Vielleicht kommt es daher, dass er so wild aussieht, wie er das Kinn nach vorne reckt und die kleinen Fäuste ballt und so fest mit den krummen kleinen Füßen aufstampft, jedenfalls verstummen plötzlich alle und es wird unheimlich still.

Schließlich sagt Mrs Donelli: »Du musst Kevin sein, richtig?«

Freak blickt immer noch wild um sich und sagt: »Ja, manchmal.«

»Manchmal? Was soll das bedeuten?«

»Es bedeutet, dass ich manchmal *mehr* als Kevin bin.«

»Aha«, sagt Mrs Donelli, und man merkt, dass sie keine Ahnung hat, wovon er redet, es aber wichtig findet, ihn reden zu lassen. »Nun, Kevin«, sagt sie, »kannst du uns das mit einem Beispiel erläutern?«

Als Nächstes legt Freak mir seine Hände auf den Kopf,

schwingt sich auf meine Schultern und zupft mich; ich weiß sofort, das bedeutet: »Steh auf«, und das tue ich dann auch, ich stehe vor versammelter Mannschaft auf und sehe, wie Mrs Donellis Augen langsam immer größer werden.

Als ich da so mit Freak auf den Schultern stehe, habe ich ein richtig gutes Gefühl, ich komme mir stark und intelligent vor.

»Genügt das als Beispiel?«, sagt Freak. »Manchmal sind wir drei Meter groß und stark genug, durch Wände zu gehen. Manchmal kämpfen wir gegen Banden. Manchmal finden wir Schätze. Manchmal töten wir Drachen und trinken aus dem Heiligen Gral!«

Mrs Donelli weicht an ihr Pult zurück und sagt: »So, so, das ist ja sicher sehr interessant, aber könntet ihr beide euch jetzt wieder hinsetzen?«

Aber Freak reitet mich jetzt wie ein Jockey sein Pferd, er steuert mich in der Klasse herum und zieht eine richtige Show ab. Er hebt die Faust und schlägt in die Luft und ruft: »Freak der Starke! Freak der Starke!« Und bald schreien alle anderen mit: »Freak der Starke! Freak der Starke! Freak der Starke!« Dabei wissen sie gar nicht, wovon er redet oder was das eigentlich soll.

Ich richte mich so hoch auf wie ich kann und befolge jeden seiner Befehle, marschiere nach links und nach rechts, vorwärts und rückwärts, es ist wie Musik oder so was, ich brauche kein bisschen nachzudenken, ich tue es einfach, und dazu rufen die andern unseren Namen, und Mrs Donelli versteht überhaupt nichts mehr, sie ist total ausgerastet und hat sich praktisch hinter ihrem Pult versteckt.

Die ganze Klasse schwingt die Fäuste und ruft: »Freak der Starke! Freak der Starke! Freak der Starke!«

Ich weiß auch nicht warum, aber das war wirklich ganz schön cool.

Jedenfalls werden Freak und ich daraufhin zum ersten Mal zusammen zum Büro der Direktorin geschickt.

Als Mrs Addison, die Direktorin, uns draußen vor ihrem Büro warten sieht, fragt sie: »Was haben wir denn hier?«

»Ich fürchte, es hat da ein kleines Missverständnis gegeben«, sagt Freak. »Wenn Sie so freundlich sein wollen, mich das erklären zu lassen.«

Mrs Addison ist eine Schwarze und macht einen schwer seriösen Eindruck; die grauen Haare hat sie straff zu einem Knoten gebunden, und sie trägt ein Kostüm, als ob sie bei einer Bank oder so was arbeiten würde. Erst lächelt sie ganz komisch, so, als ob sie an einer Zitrone lutscht, aber dann sieht sie uns freundlich an und sagt: »Selbstverständlich. Hören wir uns an, was du zu sagen hast. Überzeuge mich.«

Ich weiß nicht mehr genau, was Freak gesagt hat, nur dass er so viele schwere Wörter benutzt hat, dass sie dauernd in seinem Wörterbuch nachschlagen musste; anscheinend hat ihr das sogar richtig Spaß gemacht, und das Allerbeste war: Was auch immer Freak ihr gesagt hat, sie hat's gefressen.

KAPITEL 13

chop suey

Früher dachte ich immer, diese Schauergeschichten über Freitag den Dreizehnten wären bloß dummes Gefasel. Aber jetzt erfahre ich am eigenen Leibe, was da alles passieren kann. Es ist Oktober, und bis jetzt ist alles ganz gut gelaufen, besser als ich jemals erwartet hatte. Freak und ich bilden eine Einheit, und sogar Mrs Donelli gewöhnt sich allmählich an uns, sagt sie, womit sie auf ihre Weise zu verstehen gibt, dass Freak ungefähr zweimal so schlau ist wie sie und auf jeden Fall mehr Bücher gelesen hat.

Dauernd sagt sie Sachen wie: »Kevin, wir *wissen*, dass du die Antwort weißt, schließlich weißt du *immer* die Antwort; würdest du also so nett sein und einem anderen auch mal eine Chance geben? Zum Beispiel deinem Freund Maxwell?«

Freak sagt: »Er weiß die Antwort, Mrs Donelli.«

»Ja, Kevin, da hast du sicher Recht, denn du hast ja immer Recht, aber ich würde zur Abwechslung wirklich gern einmal Maxwell selbst sprechen hören. Maxwell? Maxwell Kane?«

Das ist blöd, denn was spielt es für eine Rolle, ob ich die Antwort weiß? Wenn ich sie nicht weiß, erfahre ich sie von Freak, und er erklärt das viel besser als Mrs Donelli, so gut, dass ich es verstehen kann. Jedenfalls hebe ich bloß lächelnd die Schultern und warte einfach ab, bis Mrs Donelli die Sache zu bunt wird und sie einen anderen fragt. Tatsächlich *weiß* ich die Antwort – Johnny Tremain hat sich deswegen so unmöglich benommen, weil er sich bei einem dummen Unfall die Hand verbrannt hat –, und das weiß ich, weil Freak mir mal gezeigt hat, wie man ein ganzes Buch liest und dass das alles irgendwie sogar vernünftig ist und zusammenhängt, während es vorher für mich bloß ein Haufen Wörter war, der mich nicht interessierte.

Mein Nachhilfelehrer im Lesen, Mr Meehan, sagt Sachen wie: »Max, die Tests haben immer gezeigt, dass du weder leseschwach noch lernbehindert bist, und jetzt hast du es schließlich selbst bewiesen. Wie du weißt, hihi, war ich persönlich schon immer der Meinung, dass du schlicht und einfach zu faul und ziemlich bockig bist und keine *Lust* zum Lernen hast. Wenn das häufige Zusammensein mit Kevin dir hilft, deine Einstellung und deine Fähigkeiten weiter zu verbessern, finde ich das großartig. Mach weiter so!«

Mr Meehan hat dann auch mit Mrs Donelli gesprochen und sie gebeten, nicht mehr zu versuchen, mich vor der Klasse zum Reden zu bringen; stattdessen wartet sie nun, bis wir allein im Lesesaal sind, und stellt mir die Fragen dort, und ich sage ihr die Antworten. Kapiert hat sie das aber immer noch nicht, und immer wieder fängt sie damit an: »Aber, Maxwell, wenn du zu mir sprechen kannst,

kannst du doch auch zu deinen Klassenkameraden sprechen, richtig?«

Falsch. Großer Unterschied. Erklären kann ich das auch nicht, nur dass mir eben der Mund wie zugenäht ist, sobald mehr als ein oder zwei Leute dabei sind, von einem ganzen Klassenzimmer voll ganz zu schweigen.

»Na schön, du bist zu schüchtern, um in der Öffentlichkeit zu sprechen, aber gilt das auch, wenn ich dich bitte, die Antworten aufzu*schreiben*? Wenn du lesen kannst, kannst du auch schreiben, richtig?«

Wieder falsch. Das Lesen hat Freak mir beigebracht, indem er mir gezeigt hat, dass Wörter bloß Stimmen auf Papier sind. Aber solche Wörter aufzuschreiben, das ist etwas ganz anderes. Freak kann sagen was er will, Schreiben ist nicht dasselbe wie Sprechen, und wenn ich einen Stift in die Hand nehme, kommt mir die Hand plump und riesig vor und der Stift wie gekochte Spagetti oder so und rutscht mir dauernd weg.

Mrs Donelli sagt, gut, das soll für heute reichen; sie ist zufrieden, dass ich lesen kann, aber das mit dem Schreiben werden wir noch üben müssen, stimmt's, Maxwell, und als sie das sagt, nicke ich nur und sehe weg, denn für mich denke ich, vergiss es, da wird nie was draus.

Wie Freak gesagt hat: Lesen ist was ganz Ähnliches wie Zuhören, und zuhören kann ich immer. Aber Schreiben ist was Ähnliches wie Sprechen, und das spielt in einer ganz anderen Liga.

Auf jeden Fall hat am Freitag dem Dreizehnten grade die erste Stunde angefangen, als aus dem Büro der Direktorin folgende Durchsage kommt:

MAXWELL KANE, BITTE IM BÜRO MELDEN.

Schluck.

Als Freak und ich zusammen losgehen wollen, sagt die Lehrerin: »Nein, Kevin, du bleibst hier. Mrs Addison hat eindeutig gesagt, dass Maxwell allein kommen soll.«

Freak will schon anfangen, sie zu bequatschen, überlegt es sich dann aber anders, schubst mich an und flüstert: »Nenn ihnen nur Namen, Rang und Dienstnummer. Streite alles ab. Wenn du um zehn Uhr null Minuten nicht zurück bist, organisieren wir einen Rettungstrupp.«

Er will mir sein Wörterbuch mitgeben, falls ich bei Mrs Addison auch mal ein paar schwere Wörter ausprobieren möchte, aber ich bin schon so nervös, weil ich da allein hingehen soll, dass ich nur noch einen einzigen Gedanken habe: Die wollen mich in die Förderklasse zurückschicken. Wenn sie das tun, werde ich davonlaufen, das habe ich längst beschlossen; dann lebe ich lieber irgendwo im Wald, und manchmal springe ich raus und erschrecke die Leute. Jedenfalls nehme ich Freaks Wörterbuch nicht mit, weil mir die Hände zittern und ich es fallen lassen könnte, oder weil Mrs Addison mich nach einem Wort fragen und ich es dann bestimmt nicht nachschlagen könnte und damit beweisen würde, dass ich immer noch ein blöder Idiot bin.

Mrs Addison wartet wie üblich vor ihrem Büro, sie versucht zu lächeln, aber sie ist eine von denen, die man nur ganz selten lächeln sieht, und ich merke gleich, es geht um was Ernstes, was auch immer das sein mag.

Zum Beispiel, dass jemand gestorben ist.

Ich sage: »Gram! Ist Gram was passiert?«

»Nein, nein, alles in Ordnung. Komm rein und setz dich, Maxwell. Und bitte versuch dich zu entspannen.«

Die hat gut reden.

Mrs Addison setzt sich in ihren großen Sessel und sieht erst zur Decke hoch, dann zum Boden runter, dann auf ihre Hände, und dann erst schafft sie es, mich anzusehen. »Das ist ziemlich schwierig, Maxwell. Ich weiß nicht, wie ich anfangen soll. Lass mich erst einmal sagen, dass wir alle mit deinen Fortschritten sehr zufrieden sind. Es ist fast wie ein Wunder, und ich möchte fast annehmen, dass du schon die ganze Zeit lesen konntest und das nur aus irgendeinem Grund für dich behalten hast.«

Ich kann kaum hören, was sie sagt, weil in meiner Brust so ein kleiner Vogel herumflattert, und den muss ich sofort rauslassen: »Sie schicken mich in die Förderklasse zurück, oder?«

Mrs Addison kommt rüber und tätschelt mir die Schulter. Ich spüre, es macht sie nervös, mich anzufassen, aber sie tut es trotzdem, und dann sagt sie: »Nein, nein. Nichts dergleichen. Es geht jetzt nicht um die Schule, Maxwell. Es ist etwas Privates.«

»Weil, wenn ich in die Förderklasse zurückmuss, ich geh nicht. Ich laufe weg. Einfach weg.«

»Maxwell, es geht wirklich nicht um deine Mitarbeit in der Klasse, es geht nicht einmal um die Schule. Es geht um deinen, ähm, Vater.«

Meinen, ähm, Vater. Plötzlich wünsche ich mir, ich hätte was angestellt und Mrs Addison würde mir eine Stunde Nachsitzen verpassen.

Sie holt tief Luft, faltet die Hände wie zum Gebet und sagt: »Der Bewährungsrichter hat eine Anfrage an mich weitergeleitet. Eine Anfrage deines Vaters. Maxwell, dein Vater möchte wissen, ob …«

»Ich will das nicht hören!«

Ich springe auf und halte mir die Ohren zu so fest ich kann. »Will das nicht hören! Will das nicht hören! Will nicht! Will nicht! Will nicht!«

Wenn einer im Büro der Direktorin überschnappt, ruft sie die Schulschwester herein, und dann versuchen die beiden mich in die Arme zu nehmen und zu beruhigen, und dabei komme ich mir irgendwie wieder vor wie im Kindergarten.

»Maxwell?«, sagt Mrs Addison. Sie versucht mir die Hände von den Ohren zu zerren. »Maxwell, bitte, ist ja schon gut, okay? Vergiss, was ich gesagt habe. Du brauchst nichts zu tun, was du nicht willst, okay? Dafür werde ich persönlich sorgen, das verspreche ich dir. Ich schwöre bei meinem Gewissen, er wird dich nicht zu etwas bringen können, was du nicht möchtest. Ich werde das dem Bewährungsrichter *sehr* deutlich machen, und seinem Anwalt auch. Mehr als deutlich.«

Schließlich nehme ich die Hände von den Ohren; es hat sowieso nicht viel genützt, weil ich jedes Wort hören konnte. Und, große Überraschung, ich sitze mit hochgezogenen Knien auf dem Fußboden in einer Ecke des Zimmers und kann mich gar nicht erinnern, wie ich dort hingekommen bin.

Anscheinend hatte ich einen Filmriss, und jetzt gibt die Schwester mir eine Tasse mit Wasser, und was ganz seltsam ist: Sie weint.

»Entschuldigung«, sage ich. »Ich wollte Ihnen nicht wehtun.«

»Das hast du auch nicht«, sagt sie. »Ich weine immer gleich los, mach dir nichts draus.«

Ich mache mir aber was draus, denn wenn sie weint, muss ich sie geschlagen haben und weiß jetzt nichts mehr davon. Und das ist, wenn man es sich überlegt, doch *wirklich* unheimlich. Wer weiß, was ich sonst noch alles anstellen könnte und mich dann hinterher nicht mehr dran erinnern kann?

Das Schlimmste kommt erst später, im Esssaal.

Freak steht auf amerikanisches Chop Suey. Er *liebt* das Zeug. Je pappiger desto besser. Unglaublich, dass ein so kleiner Mensch so große Mengen essen kann, und wenn er seinen Teller hoch hält, sagt er jedes Mal: »Bitte, Sir, mehr Haferschleim«, und ich sage dann immer: »Das ist amerikanisches Chop Suey, kein Haferschleim. Du weißt doch, Haferschleim habe ich nachgeschlagen.« Worauf er antwortet: »Ich flehe Sie an, Sir, mehr Haferschleim!« Und dann hole ich ihm doch noch eine Portion.

Als ich in den Saal zurückkomme, stimmt irgendetwas nicht. Freaks Gesicht ist ganz rot und verquollen, und er gibt so ein komisches Geräusch von sich: hck, hck, hck. Er kann nicht sprechen, er kann mich nur ansehen und versuchen, mir etwas mit seinen Augen zu sagen, und ich renne los und alarmiere die Schwester.

»Schnell. Er kriegt keine Luft mehr! Er kriegt keine Luft mehr!«

Und dann rennt sie so schnell wie ich und schreit, jemand soll einen Krankenwagen holen.

Im Esssaal ist Freak inzwischen lila angelaufen. Die Schwester packt ihn und schiebt ihm so ein Plastikding in den Mund. Er hat die Augen fest zugekniffen und strampelt mit den Beinen.

97

Ich weiß nicht, was ich tun soll, und springe nur so auf der Stelle, und als die anderen sich immer dichter um uns herumdrängen, stoße ich sie zurück, und dann endlich wird Freaks Gesicht langsam heller, von Dunkelrot zu Rosa, und er atmet auch wieder normal.

Und jetzt, ich hatte die Sirene gar nicht gehört, kommt auch der Krankenwagen, und Freak versucht mit krächziger Stimme etwas zu sagen, als sie ihn auf die Trage legen. »Mir geht's gut«, sagt er immer wieder. »Wirklich, mir geht's gut. Ich will bloß nach Hause.«

Es ist nur so, wenn man einmal den Krankenwagen geholt hat, muss man sich ins Krankenhaus mitnehmen und untersuchen lassen. Das ist Vorschrift. Ich versuche, hinten zu ihm einzusteigen, aber sie lassen mich nicht. Schließlich kommt Mrs Addison und hält mich zurück, bis der Krankenwagen mit Blaulicht, aber ohne Sirene wieder abfährt.

»Das war ein schlimmer Tag für dich, stimmt's?«, sagt sie, als sie mich ins Schulgebäude zurückbringt.

»Für mich war das kein schlimmer Tag«, sage ich. »Aber für Kevin. Er hat doch nur versucht zu essen.«

Mrs Addison sieht mich seltsam an, dann sagt sie: »Mit dir wird noch alles gut, Maxwell Kane. Da bin ich mir jetzt sicher.«

Für eine Direktorin ist sie ganz in Ordnung, aber aus irgendeinem Grund kann ich ihr einfach nicht verständlich machen, dass nicht ich es bin, der hier einen echt schlimmen Freitag den Dreizehnten erlebt hat.

98 Und ich schwöre bei dem Wörterbuch: Falls Freak noch einmal versucht, amerikanisches Chop Suey zu essen, schütte ich ihm das Zeug über den Kopf.

KAPITEL 14

GROSSES EHRENWORT

Gram lässt mich am nächsten Tag zu Hause bleiben, weil Freak aus dem Krankenhaus kommt, und ich erwarte ihn dann direkt vor der Haustür, als die schöne Gwen mit dem Auto vorgefahren kommt. Freak sitzt hinten, er kommt mit dem Kopf kaum über die Fensterkante, und als ich sein breites Grinsen sehe, glaube ich endlich auch, was die anderen dauernd sagen, nämlich dass alles wieder gut wird.

Ich frage: »Darf ich ihn reintragen?«, und die schöne Gwen antwortet: »Selbstverständlich.«

»Er muss sich noch schonen«, sagt sie. »Und er bleibt so lange im Haus, bis ich was anderes sage. Hast du das verstanden?«

In seinem Zimmer fängt Freak sofort an, mich herumzukommandieren, bring mir dies und hol mir das – man käme nie darauf, dass er krank gewesen ist.

»Ein kleiner Zwischenfall«, sagt er. »Durch einen biogenetischen Eingriff leicht zu korrigieren.«

»Meinst du die Sache mit dem Roboter?«

99

Freak zischt: »Pst! Die schöne Gwen darf von dem Plan nichts wissen. Schon die bloße Vorstellung versetzt sie in Furcht und Schrecken.«

»Das kann einem aber auch Angst machen«, sage ich. »Eine Operation, bei der einem ein kompletter neuer Körper verpasst wird.«

»Ich habe keine Angst«, sagt Freak. »Ich freue mich darauf.«

»Wann soll es denn passieren?«

Freak macht so ein verträumtes Gesicht und sagt: »Das weiß ich nicht genau. Dr. Spivak, das ist meine Ärztin, hat gesagt, vielleicht in ein bis zwei Jahren.«

»Aber wozu brauchst du einen neuen Körper?«, frage ich. »Warum kannst du nicht einfach bleiben wie du bist?«

Freak schüttelt den Kopf, als ob er meint, das würde ich ja doch nicht verstehen. »Niemand bleibt wie er ist«, sagt er. »Jeder verändert sich fortlaufend. Bei mir ist das Problem, dass ich innen wachse, aber nicht außen.«

Er will nicht mehr davon reden, und das ist mir auch recht. Nach zwei Tagen ist alles wieder wie früher, wir gehen zur Schule wie immer, alles läuft bestens, bis dann in den Weihnachtsferien, verzeiht mir den Ausdruck, die totale Hölle losbricht.

Ich bin gerade in der Unterwelt und versuche mit diesem blöden Geschenkpapier diese blöden Geschenke für Gram und Grim einzuwickeln, als oben plötzlich lautes Geschrei ertönt.

Ihr müsst bedenken, Grim schreit Gram *niemals* an, jedenfalls nicht so lange ich mich erinnern kann; und wenn Gram wütend ist, na ja, dann weint sie höchstens mal. Aber jetzt *schreit* da oben irgendwer, und ich schleiche die Treppe hoch und brauche nicht einmal das Ohr an die Tür zu legen, so laut ist das Gezeter.

»*Nur über meine Leiche!*«

Das ist Grams Stimme, laut und voller Tränen. Grim spricht viel leiser, und ich mache die Tür einen Spalt weit auf, um zu hören, warum Gram so wütend auf ihn ist.

»Ich trage Verantwortung«, sagt er. »Ein Mann muss seine Familie beschützen.«

»Aber nicht mit einem Gewehr!«, schreit Gram. »Nicht in diesem Haus! Das lasse ich nicht zu! Ach, ist das furchtbar! Wie kann man uns nur so etwas antun? Wie *kann* man nur!«

»Er hat sie reingelegt«, sagt Grim. »Genau wie er Annie reingelegt hat. Genau wie er uns damals reingelegt hat. Aber das macht er nicht noch mal. Wenn dieser Mann es wagt, unser Haus zu betreten, erschieße ich ihn.«

»Aber«, sagt Gram, »du kannst doch gar nicht mit Waffen umgehen.«

»Natürlich kann ich das. Schließlich bin ich in der Armee gewesen.«

»Das ist dreißig Jahre her! Ich weiß genau, was passieren wird. Seit acht Jahren sehe ich das im Traum vor mir! Er kommt hier rein und reißt dir das Gewehr aus der Hand, und dann fängt *er* an zu schießen!«

Inzwischen ist mir klar, von wem sie reden, und ihr habt es bestimmt auch schon gemerkt. Sie reden von *ihm*. Von Killer Kane, meinem Vater.

101

»Vielleicht lassen sie ihn ja gar nicht raus«, sagt Gram. »Und falls doch, werden sie uns beschützen.«

»Aber sicher«, sagt Grim. »So wie sie unsere Annie be-schützt haben.«

Jetzt fängt Gram an zu weinen, und Grim versucht sie irgendwie aufzumuntern: »Na komm, na komm. Es wird schon werden. Kopf hoch.«

Etwas später höre ich das Knarren der Kellertreppe. Es ist Grim, er klopft bei mir an.

»Komm rein.«

Grim kommt herein, und ausnahmsweise sagt er ein-mal nicht, in was für einem Rattenloch ich hause und dass es hier stinkt wie in einer Umkleidekabine, weil ich ver-gessen habe, meine Strümpfe in den Wäschekorb zu tun. Er setzt sich auf die Bettkante und legt die Hände zusam-men. Ich denke nie daran, wie alt er ist, weil er sich nie wie ein alter Mann benimmt; aber heute Abend ist er ganz bleich und gebeugt und hat ein richtig eingefallenes Ge-sicht. Er sieht aus, als wäre er tausend Jahre alt. »Ich nehme an, du hast den Lärm gehört?«, sagt er. »Deine Oma hat sich sehr aufgeregt, die Ärmste. Gewalt ist ihr zuwider. Ich kann es ihr nicht verdenken.«

»Ist er ausgebrochen?«, frage ich. »Oder was ist los?«

Grim schüttelt den Kopf. »Man hat ihn auf Bewährung freigelassen.«

»So was Blödes. Wie kann man nur so blöd sein.«

Grim sagt: »Du triffst den Nagel auf den Kopf, mein Sohn. Ich bin, nur damit du Bescheid weißt, ich bin zum Gericht gegangen und habe dafür gesorgt, dass er sich im Umkreis von einer Meile um unser Haus nicht blicken lassen darf. Wenn er trotzdem versucht hierher zu kom-men, wandert er ins Gefängnis zurück. Das hat mir der Richter versprochen.«

Ich sage: »Vielleicht solltest du dir *doch* ein Gewehr besorgen.«

Grim schweigt eine ganze Weile, dann sagt er: »Vielleicht ja, vielleicht nein. Aber ich kann deiner Oma nichts davon erzählen, und es bricht mir das Herz, sie anzulügen. Das habe ich noch nie getan.«

»Ich werde nichts verraten.«

Grim ist wieder still, dann steht er von meinem Bett auf und sagt mit einer ganz alten müden Stimme: »Es wird alles wieder gut, Max. Dafür sorge ich. Aber ich möchte, dass du in den nächsten zwei Tagen im Haus bleibst. Versprichst du mir das?«

»Ehrenwort«, sage ich. »Großes Ehrenwort.«

KAPITEL 15

WAS DURCH DEN SCHORNSTEIN KAM

Heiligabend verläuft sehr still. Freak sagt dazu: »Man könnte eine Maus furzen hören.« Ziemlich albern, aber Grim schüttelt nur den Kopf und lächelt.

Freak und die schöne Gwen essen mit uns, und wir versuchen alle so zu tun, als ob es ein ganz normaler Abend wäre. Mit keinem Wort wird erwähnt, dass Killer Kane aus dem Gefängnis kommt. Die schöne Gwen trägt eine dunkelrote Seidenbluse und einen langen schwarzen Rock, der fast bis zum Boden geht, und ihre Taille ist so schmal – sie sieht aus wie dieser Christbaumschmuck, der bei jeder Bewegung der Zweige leise klingelt.

Auch Freak hat sich schick gemacht, er trägt ein neues Tweedjackett mit Flicken an den Ellbogen, und Grim sagt, jetzt braucht er nur noch eine Pfeife, dann sieht er aus wie ein Professor.

»Kein Tabak«, sagt Freak. »Nikotin ist eine toxische Zeitverschwendung.«

»Nur die Pfeife«, sagt Grim. »Du brauchst sie ja nicht zu rauchen.«

»Bring ihm keine schlechten Angewohnheiten bei«, sagt Gram. »Maxwell, reich mir bitte die Mintsauce.«

Mintsauce ist eine Spezialität von Gram. Ihr würdet staunen, wie viel besser damit alles schmeckt, und deswegen behalte ich sie immer bei mir in der Nähe. Jedenfalls ist das Essen prima; Weihnachten oder an Geburtstagen ist Gram einfach nicht zu schlagen, und wir essen alle, bis wir fast platzen, wobei aber die schöne Gwen darauf achtet, dass Freak nicht zu schnell isst.

»Man könnte meinen, dass ich ihn hungern lasse«, sagt die schöne Gwen.

»Bitte, Sir, mehr Haferschleim«, sagt er mit seitlich rausgestreckter Zunge und hält den Teller hoch; das sieht komisch aus, und Gram muss so lachen, dass sie einen Hustenanfall bekommt, und da sind wir auf einmal alle still.

Nach dem Essen sitzen wir ganz normal herum, bewundern den Baum und reden davon, wie glücklich wir sind, dass wir ein Dach überm Kopf haben, und Grim erzählt alte Geschichten aus seiner Kindheit, als es zu Weihnachten nur ein paar Brocken Kohle geschenkt gab.

»Wenn wir Glück hatten, gab's mal einen Apfelgriebs«, sagt er. »Oder ein Stück Apfelsinenschale.«

»Arthur, also wirklich«, sagt Gram. »Du hast doch niemals Kohle zu Weihnachten geschenkt bekommen.«

»Stimmt. Wir haben *nicht mal* Kohle bekommen, könnt ihr euch das vorstellen? Mein Vater konnte sich Kohle nicht leisten, also hat er das Wort ›Kohle‹ auf ein Stück Papier geschrieben und uns das in die Strümpfe gesteckt, und wir haben dann so getan, als ob es echte Kohle war. So arm sind wir damals gewesen.«

Die schöne Gwen lacht vor sich hin und schüttelt den Kopf.

Gram sagt: »Wie kannst du nur an Heiligabend solche Lügen erzählen?«

»Ich erzähle Märchen, meine Liebe, keine Lügen. Lügen sind etwas Böses, und Märchen sollen einfach unterhalten.«

Wir sitzen weiter herum und lauschen höflich den Geschichten, die Grim uns auftischt und die kein Mensch in einer Million Jahren glauben würde, und dann trinken wir alle eine Tasse heißen Kakao und nehmen uns jeder eine Praline aus der Schachtel, und dann ist es Zeit, die ersten Geschenke zu verteilen.

Gram hat die Regel aufgestellt, dass an Heiligabend jeder ein Geschenk auspacken darf; den Rest spart man sich für den nächsten Morgen auf. Da fällt die Entscheidung schwer, was man als Erstes auspacken soll. Grim fängt immer als Erster an, weil er, wie er sagt, im Grunde seines Herzens ein Kind geblieben ist und einfach nicht warten kann.

Er bekommt von Gram einen Wollpulli mit Kragenknöpfen und stellt sich überrascht, dabei hat er schon ungefähr hundert Stück davon. Dann packt Gram ihr Geschenk von mir aus: ein Armband aus Muscheln von Stränden aus aller Welt. Sie streift es gleich über und sagt, genau so eins hat sie sich gewünscht. Das ist ganz typisch für Gram – wenn man ihr eine alte Bierdose schenken würde, würde sie auch sagen, genau so eine habe sie sich schon immer gewünscht.

Dann packt Freak aus, was ich ihm geschenkt habe, und noch bevor er das ganze Papier abgewickelt hat, hebt er anerkennend den Daumen und sagt: »Cool.« Es ist so ein Ding, das aussieht wie ein Klappmesser, aber in Wirklichkeit hat es noch viel mehr zu bieten, kleine Schraubenzieher und Feilen und sogar eine winzige Lupe. Ich bin mir ziemlich sicher, dass Freak damit alle möglichen Sachen erfinden kann, wenn er Lust dazu hat.

Gram schenkt der schönen Gwen ein Halstuch, das zufällig haargenau zu ihrer Bluse passt, und alle machen Ah und Oh, und dann habe ich mich endlich entschieden, welches Geschenk ich aufmachen soll. Man erkennt schon von außen, dass Freak es gemacht hat, denn die Schachtel ist nicht viereckig, sondern läuft nach oben spitz zu wie eine Pyramide, und an Stelle von normalem Geschenkpapier hat er das Ganze mit Comics beklebt, und ich drehe fast durch, weil ich einfach nicht drauf komme, was in so eine pyramidenförmige Schachtel reinpassen könnte.

Freak ist anscheinend genauso aufgeregt wie ich, dabei weiß er doch, was er für mich da reingepackt hat. »Nimm erst mal das Papier ab«, sagt er. »Es gibt eine besondere Methode, das aufzumachen.«

Ganz vorsichtig löse ich das Papier, und dann sehe ich, er hat die pyramidenförmige Schachtel nicht irgendwo gekauft, sondern er hat sie *selbst* gemacht. Man erkennt, wie er die Pappstücke ausgeschnitten und zusammengeklebt hat, und auf die Seiten der Pyramide hat er kleine Schildchen und Pfeile gemalt.

»Folge den Pfeilen«, sagt er.

Die Pfeile weisen über die ganze Pyramide, und ich muss das Ding mehrmals herumdrehen, bis ich endlich zu einem Schildchen komme, auf dem steht:

ÐRÜCKEN UNÐ STAUNEN

»Mach schon«, sagt Freak. »Da ist kein Sprengsatz drin, du Blödmann – es fliegt dir schon nichts um die Ohren.«

Ich drücke also auf dieses Schildchen, und mit einem Schlag klappen alle vier Seiten der Pyramide auseinander. Endlich kann ich ins Innere sehen, und wie Freak versprochen hat, kann ich nur noch staunen.

»Der junge Mann ist ein Genie«, sagt Grim. »Und ich verwende dieses Wort nicht leichtfertig.«

Grim hat wirklich Recht, denn Freak hat das Ganze mit Gummis und Büroklammern so konstruiert, dass die Seitenwände alle auf einmal aufklappen mussten; und drinnen ist so eine Art kleiner Sockel, und auf dem Sockel liegt ein Buch. Kein normales Buch, wie man es im Laden kauft, sondern ein Buch, das er, wie man gleich sieht, selbst gemacht hat. Es sieht so merkwürdig aus, dass ich es nicht anzufassen wage, aus Angst, es könnte kaputtgehen.

»Ich habe alle meine Lieblingswörter gesammelt«, sagt Freak, »und in alphabetische Reihenfolge gebracht.«

»Wie ein Wörterbuch?«

»Korrekt«, sagt Freak, »und trotzdem anders, denn das hier ist *mein* Wörterbuch. Schlag's doch mal auf.«

Als ich es aufschlage, riechen die Seiten nach Kugelschreiber. Es beginnt mit A, genau wie ein normales Wörterbuch, aber wie Freak schon sagte, ist es irgendwie anders.

ABAKUS *Computer mit Fingerbetrieb*
ABHEBEN *geschieht, wenn man ein Buch aufschlägt*
ABSZISSE *die horizontale Wahrheit*
ALGORITHMUS *Mathe mit Rock-'n'-Roll-Rhythmus*

»Du brauchst heute Abend nicht alles zu lesen«, sagt Freak. »Spar dir noch was für morgen auf. Aber eins sag ich dir jetzt schon, wenn du siehst, was ich mit den Zetts gemacht habe, flippst du aus.«

Freaks Wörterbuch ist das Größte. Da können alle anderen Geschenke nicht mithalten.

Ich glaube, ich brauche eine Ewigkeit zum Einschlafen, so viele Sachen schwirren mir im Kopf herum. Grim und sein aufgeschriebenes Stück Kohle, die Pyramide mit diesem tollen Buch darin, die dicken nassen Schneeflocken, die gerade fielen, als Freak von der schönen Gwen in seinem Eisenbahnwaggon nach Hause gezogen wurde, und die komischen Kommandos, mit denen er sie antrieb: »Vorwärts! Hüa! Vorwärts, Guinevere!«, und wie sie dann sagte, wenn er nicht gleich den Mund halten würde, würde sie ihn draußen stehen lassen, bis er zum Schneemann geworden wäre.

Und deswegen träume ich dann wohl auch von einem kleinen Schneemann, der so aussieht wie Freak. Der Schneemann wiederholt andauernd: »Cool. Cool.« Und dann wache ich auf und spüre die Kälte in mein Zimmer kriechen. Das ist seltsam, denn durch den Heizkessel nebenan ist es immer warm in der Unterwelt.

Es kommt mir vor, als ob ich den Wind im Zimmer höre.

Aber das ist nicht der Wind.

Da atmet jemand.

Jemand, der sich schwärzer als die Nacht erhebt und so groß ist wie das Zimmer, jemand, der mir eine Riesenhand aufs Gesicht legt und mich nach unten drückt.

»Kein Wort, Junge«, flüstert er. »Keinen Mucks.«

Ich versuche mich zu bewegen, versuche ins Bett zurückzuweichen, aber die Hand folgt mir. Die Hand ist so hart und so stark, dass ich mich nicht rühren kann, und ich glaube, mein Herz hat aufgehört zu schlagen, es wartet, was als Nächstes passiert.

»Ich bin wieder da«, sagt er. »Wie ich versprochen habe.«

KAPITEL 16

GANZ DER VATER

Im Fernsehen war mal einer, der hat einen Hummer hypnotisiert. Vielleicht habt ihr das auch gesehen. Er tippt den Hummer an, und das Tier wird völlig starr. Ungefähr das Gleiche geschieht mit mir, als er mir seine Hand auf den Mund presst. Ich bin wie gelähmt, mein Kopf ist leer, es gibt nur noch diese große Hand und den kühlen Wind seines Atems.

»Hier haben die Alten dich also reingesteckt?«, flüstert er. »In den Keller? Aus den Augen, aus dem Sinn?«

Ich kann sein Gesicht immer noch nicht sehen, er ist nur ein riesiger Schatten im Zimmer.

»Jetzt wird alles anders«, sagt er. »Es wird Zeit, dass ich meinen Sohn kennen lerne, den man so lange gegen mich aufgehetzt hat.«

Er flüstert, ich soll mich aufsetzen und bloß keinen Lärm machen. Dabei ist Lärm das Letzte, was ich machen will, weil ich nicht weiß, ob Grim inzwischen ein Gewehr gekauft hat und, falls ja, was ihm zustoßen könnte, wenn er versucht es zu benutzen. Grams Albtraum, in dem

113

Grim mit seiner eigenen Waffe erschossen wird, kommt mir jetzt ziemlich real vor, und ich will bestimmt nicht den Anstoß dafür geben, dass er in Erfüllung geht.

»Ich weiß, was sie dir erzählt haben«, sagt er. »Das ist alles eine dicke Lüge, verstehst du? Ich habe nie einen Menschen umgebracht, und das ist die Wahrheit, so wahr mir Gott helfe.«

Inzwischen sitze ich gehorsam auf dem Bett und ziehe mich an, und das Komische dabei ist, dass mich das alles gar nicht überrascht. Irgendwie habe ich schon immer gewusst, dass es einmal so kommen würde, dass er mich eines Nachts holen würde, dass ich aufwachen und ihn im Zimmer vor mir sehen würde, und dass ich mich dann ganz leer fühlen würde.

Ich bin so schwach, dass ich mir kaum die Schuhe anziehen kann. Etwa so, wie wenn man aufwacht und einem der Arm eingeschlafen ist und man ihn kaum noch bewegen kann. So fühle ich mich von oben bis unten – mein ganzer Körper ist betäubt und kribbelt, und ich bin leicht wie ein Luftballon. Als ob meine Hände wegschweben würden, wenn ich nicht aufpasse.

»Das wird ein richtiges Abenteuer«, sagt er. »Das wird die schönste Zeit deines Lebens, Junge. Okay, wir gehen jetzt, und ich will keinen Pieps von dir hören.«

Die Falltür ist aufgeklappt, man kann die Sterne sehen. Manchen Leuten kommen die Sterne so nahe vor, dass sie glauben, sie könnten sie anfassen, aber Freak sagt, der Himmel ist so was Ähnliches wie ein Milliarden Jahre altes Foto oder ein uralter Film, den sie dort oben zeigen, und viele von diesen Sternen sind inzwischen längst abgeschaltet. Sie sind tot, und was wir da sehen, ist praktisch eine Wiederholung. Klingt vernünftig, wenn man drüber nachdenkt. Eines Tages, wenn die Wiederholung ans Ende kommt, werden die Sterne einer nach dem anderen ausgehen wie eine Milliarde Kerzen, die der Wind ausbläst.

»Hier entlang«, sagt er. »Und keinen Mucks.«

Draußen liegt Schnee. Gerade so viel, dass der Boden bedeckt ist. Ich kann mir denken, wie kalt es ist, aber ich spüre nichts davon, dabei hatte ich nicht einmal Zeit, eine Jacke anzuziehen. Die Kälte ist nebensächlich. Alles andere eigentlich auch, Grim und Gram, die alten Sterne am Himmel, Freak und die schöne Gwen. Das alles gibt es in Wirklichkeit gar nicht, ist nur ein Traum, den ich lange Zeit geträumt habe, und jetzt bin ich wieder aufgewacht, und er nimmt den ganzen Raum ein, auch wenn wir jetzt draußen sind.

In Freaks Haus sind die Lichter aus, und ich denke: *Die Sterne sind abgeschaltet,* und weiß nicht einmal, warum ich das denke, es geht mir durch den Kopf wie eine tote Stimme oder so was.

Als wir eine Straßenlaterne erreichen, sagt er: »Lass mich dich ansehen.«

Seine Augen sind unter den buschigen Brauen kaum zu erkennen, und das ist gut so, denn ich *will* sie nicht sehen, ich *will* mir keine schlimmen Träume aufhalsen.

»Meine Güte«, sagt er und starrt mich an. »Das gibt's doch gar nicht. Du siehst aus wie ein altes Bild von mir. Ganz der Vater, das sagt man so, aber bei dir stimmt es wirklich. Ist dir das eigentlich klar?«

Ich sage kein Wort, und er streckt die Hand aus und berührt mich ganz sachte am Gesicht, als ob er noch nie einer Fliege etwas zuleide getan hätte. »Ich habe gefragt, ob dir das klar ist, Junge. Antworte!«

»Ja, Sir«, sage ich. »Das behaupten alle.«

»Heiligabend«, sagt er. »Weißt du, wie viele Heiligabende ich mein eigen Fleisch und Blut entbehren musste? Ist es vielleicht anständig, einem Mann so etwas anzutun? Ihn für ein Verbrechen einzusperren, das er nie begangen hat?«

Er wartet auf eine Antwort, also sage ich: »Nein, Sir, nicht anständig.«

»Aber das ist jetzt alles vorbei«, sagt er. »Wir fangen noch mal von vorne an. Nur du und ich, Junge, so wie es sein soll.«

Ich stehe da unter der Laterne und muss wirklich staunen, wie still es hier ist. Als ob alle weggezogen oder gestorben sind. Die Stille ist fast so riesig wie er. Er war nicht größer als ich, aber viel breiter, und von irgendwoher, vielleicht weil wir in der Nähe von Freaks Haus sind, kommt mir ein ganz komischer Gedanke: *Er braucht keine Rüstung.*

Nein, und er braucht auch kein Pferd, keine Lanze, kein Treuegelöbnis an den König, keine Liebe einer schönen Dame. Er braucht nichts anderes als das, was er ist. Er ist alles auf einmal, und niemand kann ihn schlagen, nicht mal der tapfere Lancelot.

Er sieht sich misstrauisch um, seine Augenbrauen sind gefurchte Schatten. »Weißt du«, sagt er, »woran ich denke, wenn ich eine Gegend wie die hier sehe? Ich denke an Hamster. Die Leute hier leben wie Hamster in Käfigen. Und in den Käfigen haben sie ihre kleinen Laufräder, und darin laufen sie ihr ganzes Leben lang auf der Stelle. Sie kommen keinen Zentimeter vom Fleck.«

Ich stehe immer noch da.

»Ich weiß, man hat dich gegen mich aufgehetzt«, sagt er. »Lass etwas Zeit verstreichen, dann erkennst du die Wahrheit.«

Jetzt geht er mit schnellen Schritten los, und ich gehe mit, als ob meine Füße das Ziel schon kennen. Wir nehmen Abkürzungen durch Nebenstraßen und steuern auf den Teich zu, der kalt und weiß und zugefroren ist. Morgen früh werden viele Kinder mit neuen Schlitten und Schlittschuhen hierher kommen, und manche von ihnen werden ihre neuen Handschuhe und Schals verlieren und sich dafür von ihren Eltern anschreien lassen müssen, aber heute Nacht ist der Teich so leer wie der Mond, so leer wie mein Kopf.

Einmal schleicht ein Auto um den Teich, und ich habe plötzlich das seltsame Gefühl, es sitzt überhaupt niemand am Steuer.

Er hakt mir einen Finger in den Kragen und zieht mich runter, bis das Auto vorbeigefahren ist.

Als es vorbeifährt, kann man durch die dunklen Fenster nichts sehen, aber man hört den Schnee unter den Reifen knirschen, hart und quietschend.

»Wir sind unsichtbar«, sagt er und lässt mich wieder hoch. »Na, ist das nicht aufregend?«

Meine Füße kennen unser Ziel bereits. Die Neuen Testamente. In den alten Häusern sind nur noch wenige Lichter an; manche Fenster sind gesprungen, gegen das Licht sehen die Sprünge wie Schnittwunden aus. »Kennst du«, fragt er, »die Geschichte von Maria und Josef, wie sie in Bethlehem eine Herberge gesucht haben, und wie das Jesuskind dann in einer Krippe geboren wurde?«

Ich versuche zu nicken, und es ist schon komisch, denn obwohl ich nicht friere, klappern mir die Zähne; es ist, als ob mein ganzer Körper friert und mein Kopf es noch nicht mitbekommen hat.

»Das machen wir jetzt auch, wir suchen eine Herberge«, sagt er. »Nur dass wir nicht gerade zu einer Krippe gehen.«

»Nein, Sir«, sage ich. »Ganz bestimmt nicht.«

Er berührt mich ganz leise am Nacken und sagt: »Ich habe dich nicht gefragt, Junge. Regel Nummer eins: Gib deinem Alten keine frechen Antworten.«

Von da an halte ich den Mund. Die Testamente sehen beinahe schön aus mit dem frischen Schnee, der auf den Dächern liegt und die Höfe ganz weiß und weich und sauber erscheinen lässt. An einer Stelle ragt ein alter Fahrradlenker aus dem Schnee, andere Sachen sind ganz bedeckt und nur als Umrisse zu erkennen, und sogar das aufgebockte Schrottauto sieht aus wie neu, als könnte es auch ohne Räder jeden Moment losgleiten.

Ich weiß, wohin wir gehen, auch wenn er's noch nicht gesagt hat.

Die Tür geht auf, bevor wir da sind. Loretta Lee steht im Hellen und sagt: »Iggy! Komm her und sieh dir an, was er mitgebracht hat.«

Er sagt: »Willst du nicht meinen Sohn begrüßen, Loretta? Ist er nicht ganz der Vater?«

118   Dann sind wir drin und Iggy verriegelt hinter uns die Tür und zieht die Vorhänge zu. Loretta trägt ein hautenges rotes Kleid, das aussieht, als ob es wegfliegen

würde, wenn sie mal niesen muss. »Auftrag ausgeführt, was, Kenny?«, sagt sie. »Ich hab's gewusst, wenn einer das schafft, dann du.«

Iggy sagt: »Halt die Klappe, Loretta.«

»Ich glaube, du hast getrunken«, sagt mein Vater. »Hat sie getrunken, Iggy? Ich dachte, ich hätte mich klar genug ausgedrückt.«

»He, wir haben Heiligabend«, sagt Iggy ziemlich nervös. »Ein bisschen Punsch, das macht doch nichts.«

»Ein bisschen Punsch«, sagt Loretta irgendwie undeutlich. »Das war alles.«

Ihre falschen Wimpern haben sich gelöst, ihre Augen wirken fast so verschmiert wie ihr roter Mund. Ich weiß das, weil sie mir dauernd zuzwinkert und mich anlächelt und ich den Lippenstift an ihren Zähnen sehen kann.

Iggy sagt: »Sie ist nüchtern, Kenny, ich geb dir mein Wort drauf.«

»Dass ich nicht lache«, sagt Loretta. »Ein neuer Anfang. Prediger Kane hat einen neuen Anfang gemacht, und deshalb darf an Heiligabend *niemand* mehr Schnaps trinken, nicht mal mehr im eigenen Haus, nicht mal Herr im eigenen Haus darf man sein.«

»Halt den Rand«, sagt Iggy und schickt Loretta auf das kaputte Sofa, wo sie halb nach vorn kippt und mir zuwinkt, zwinker, zwinker.

»Bring mir und meinem Jungen was zu essen«, sagt mein Vater. »Wir sind acht lange Jahre draußen in der Kälte gewesen und haben mächtig Hunger, stimmt's, mein Sohn?«

»Ja, Sir«, sage ich.

Iggy geht in die Küche ein paar Hamburger braten; wir

sitzen herum und warten, niemand sagt etwas. Loretta hat sich auf das Sofa gekuschelt und sieht ziemlich weggetreten aus.

Während ich dann mit Mühe einen fettigen Hamburger runterwürge, zieht Iggy eine Show ab, als ob es was ganz Tolles wäre, Kenny Kane im Haus zu haben. Kaum zu glauben, dass *dieser* Iggy auch der Boss der Panheads ist, einer Bande von Motorradrockern, die alle Leute, auch die Polizei, in Angst und Schrecken versetzt.

Dann wacht Loretta auf und streckt sich wie eine Katze und gähnt, dass man ihr glatt bis in den Magen sehen kann. »Ich glaube, das hab ich gebraucht«, sagt sie und hält sich kichernd den Mund zu. »Ich glaube, ich brauche überhaupt ziemlich viel.«

Mein Vater wischt sich mit einer gefalteten Papierserviette den Mund ab. Ohne Loretta zu beachten, sieht er Iggy an und sagt: »Wenn du mal in den Bau musst, kannst du als Koch antreten.«

Iggy antwortet mit einem nervösen Hihihi, als ob das lustig wäre, im Knast als Koch zu arbeiten. Dann sagt er: »Diese Wohnung, von der ich dir erzählt habe. Kann ich dir jederzeit zeigen.«

Mein Vater steht auf. »Am besten sofort«, sagt er und sieht mich an. »Komm, Junge.«

KAPITEL 17

BEI ALLEM WAS HEILIG IST

Zwischen den Häusern ist ein schmaler Durchgang, den man von der Straße aus nicht sehen kann. Hier hindurch bringt uns Iggy zu diesem anderen Haus; das Schloss der Eingangstür ist aufgebrochen. Wir betreten einen finsteren Korridor.

Das Licht geht an. Als Erstes bemerke ich den typischen Geruch von Omaparfüm. Und es stinkt nach Katzen.

»Nicht gerade umwerfend, aber die alte Schnepfe, die hier wohnt, ist über die Feiertage zu ihrer Schwester gefahren«, sagt Iggy. Er versucht zu lächeln.

Es ist warm und ziemlich eng in dem kleinen Zimmer, die Möbel sind alt und abgenutzt. Ein großer alter Fernseher mit Zierdeckchen oben drauf, ein leeres Goldfischglas, ordentlich mit Schnur gebundene Zeitungspacken, eine Bibel auf dem kleinen Tisch neben dem Fernseher. Und an der Wand ein Vexierbild von Jesus, dessen Augen einem überallhin zu folgen scheinen, man dreht glatt durch, wenn man da länger hinsieht.

»Zum Mitnehmen gibt's hier nicht viel«, sagt Iggy.

121

Mein Vater sieht sich um, ob alle Vorhänge geschlossen sind. »Meinst du etwa, ich würde einer alten Frau was stehlen?«, sagt er.

Iggy schüttelt den Kopf. »Natürlich nicht.«

»Schon gut«, sagt mein Vater. »Fürs Erste kann man's hier aushalten, bis wir in die Gänge kommen.«

»Ich geh mal besser zu Loretta zurück.«

»Tu das.«

Mein Vater sieht schweigend zu, wie die Tür hinter Iggy zufällt. Ich bleibe mitten im Zimmer stehen, weil ich nicht weiß, was er von mir erwartet.

»Mach's dir bequem, Junge«, sagt er schließlich. »Ich will erst mal unseren Fluchtweg kontrollieren.«

Ich sehe nach der Tür, durch die wir gekommen sind, sehe nur mal kurz hin, als er plötzlich hinter mir steht und ich seinen kühlen Atem im Nacken spüre.

»Du wirst mir doch nicht weglaufen, Junge?«

»Nein, Sir, bestimmt nicht.«

»Setz dich«, sagt er. »Wir müssen reden, von Mann zu Mann.«

Ich setze mich in diesen Omasessel, und der ist so weich, dass ich fast auf den Boden sinke; und dann frage ich mich, was wohl aus den Katzen geworden ist. Vielleicht hat die Frau sie zu ihrer Schwester mitgenommen. Oder Iggy hat sie rausgelassen, und jetzt kommen sie nicht mehr rein.

Er beugt sich über mich, stützt seine großen Hände auf die Armlehnen und sagt: »Deine Großeltern behaupten zwar, du bist geistig zurückgeblieben, aber aus meiner Verwandtschaft ist niemand geistig zurückgeblieben, darauf kannst du dich verlassen. Und deshalb benimmst du dich ab sofort wie ein kluger Junge. Benutz deinen Kopf. Wir sind in einer schwierigen Situation, und du wirst genau tun was ich sage, ohne Widerrede. Ist das angekommen?«

»Ja, Sir.«

Seine Hand fährt mir durchs Haar, und ich fühle, wie stark er ist, auch wenn er mir gar nicht wehtut.

»Gut«, sagt er. »Sehr gut.«

Er geht in ein anderes Zimmer, ich höre, wie eine Tür zuschlägt und irgendwelche Sachen herumgeschoben werden, und als er zurückkommt, hat er einen Strick in der Hand. »Ein Junge, der seinen eigenen Vater nicht kennt, könnte auch dumm genug sein, einfach wegzulaufen«, sagt er. »Das kann ich nicht zulassen.«

»Nein, Sir.«

»Was soll das heißen: Nein, Sir?«

»Nein, Sir, das können Sie nicht zulassen.«

Dann fesselt er mir Füße und Hände zusammen und schlingt sich das Ende des Stricks um die Hüfte.

»Ich will was schlafen, solange noch Zeit ist«, sagt er. »Und wenn du so klug bist, wie ich glaube, machst du jetzt auch besser ein Nickerchen.«

Er knipst das Licht aus und legt sich neben dem Sessel auf den Fußboden, nur ein Arm dient ihm als Kopfkissen. Ich kann lange Zeit nicht feststellen, ob er wirklich schläft oder nur so tut, aber dann denke ich, es spielt sowieso keine Rolle: Wenn ich mich bewege, weckt das Seil ihn jedenfalls auf.

Es kommt mir vor, als ob wir in diesem Zimmer angefroren sind, dabei ist es richtig warm und stickig hier drin. Der weiche Sessel hält mich fest, ich habe keine Kraft mich aufzurichten, Füße und Hände fangen da, wo sie zusammengebunden sind, zu kribbeln an und bald kann ich kaum noch die Augen offen halten.

Im Halbschlaf träume ich, im Zimmer nebenan ist eine Katze, die nach Milch schreit, und ich muss immer noch an diese Katze denken, als irgendetwas an mir herumzupft.

Er sitzt im Dunkeln, ich kann sein Gesicht nicht sehen. »Wach auf, du Schlafsack«, sagt er. »Ich will meinem Sohn mal ein paar Dinge erzählen, die er über seinen Vater wissen sollte. Erstens, wie gesagt, habe ich niemanden umgebracht. Ich bin so groß wie du, und daraus ziehen die Leute irgendwelche falschen Schlüsse. Kannst du mir folgen?«

»Ja, Sir.«

»Gut. Und dann zu den beiden Alten, bei denen du in den letzten Jahren gewohnt hast. Ich wette, sie haben dir nie die Geschenke gegeben, die ich dir geschickt habe, richtig?«

»Nein, Sir, haben sie nicht.«

Er schüttelt bekümmert den Kopf. »Das ist ein Verbrechen, einem Jungen die Geschenke seines Vaters vorzuenthalten. Dann hast du meine Briefe wahrscheinlich auch nicht bekommen? Nein, wenn sie die Geschenke nicht weitergegeben haben, haben sie die Briefe bestimmt einfach weggeschmissen. Ein weiteres Verbrechen gegen die Menschlichkeit, wie ich das sehe. Sie haben mich von Anfang an nicht leiden können. Nicht nur wegen meines Aussehens, sondern auch, weil ich ihnen für ihre tolle Tochter nicht gut genug gewesen bin. Als ob man einem Mann sein hässliches oder brutales Aussehen übel nehmen darf, wenn er in seinem Herzen ein richtig liebevoller Mensch ist. Und das bin ich wirklich. Wenn ich einen traurigen Film sehe, muss ich immer weinen, und es macht mir gar nichts aus, das auch zuzugeben.«

Von den Straßenlaternen kommt gerade genug Licht durch die Vorhänge, dass ich einen Teil seines Gesichts sehen kann, als er es mir zuwendet. Und da ist tatsächlich eine nasse Stelle auf seiner Wange, aber die wischt er jetzt weg.

»Man hat mich eingesperrt wie ein Tier«, sagt er. »Ich habe mich jede Nacht in den Schlaf geweint, jede einzelne Nacht. Killer Kane, was für ein unfreundlicher Spitzname, den man mir angehängt hat. Du weißt doch, wie gemein manche Kinder sein können, so richtig tierisch gemein? Ich habe es selbst erlebt, aber nicht von Kindern, sondern von Erwachsenen, die es eigentlich besser wissen sollten. Aber die sind ja so ahnungslos und voller Hass, dass sie immer nur das Schlimmste glauben.«

Seine Stimme ist irgendwie rau und holprig, aber man muss ihm einfach zuhören, seinen Worten rauf und runter folgen, als ob man durch die Berge fährt und nie die andere Seite sehen kann, immer nur die Straße direkt vor einem.

»Man hat mir großes Unrecht zugefügt, Junge«, sagt er. »Diese Leute haben mir mein Leben gestohlen. Sie haben mir so viele Jahre weggenommen, dass sie mir auch gleich mit einem Messer das Herz hätten herausschneiden können, jedenfalls habe ich das immer so empfunden, wenn ich nicht schlafen konnte und über das Unrecht nachgedacht habe, das man mir angetan hat. Diese Leute haben mir alle Übel dieser Welt angelastet. Ich rede von deinen

Großeltern, *ihren* Eltern, die mich immer gehasst haben, und natürlich von der Polizei, die nicht fähig war, die Wahrheit zu erkennen.«

Er schweigt kurz und wischt sich wieder die Tränen von der Wange. Seiner Stimme ist nicht anzumerken, dass er weint, aber sein Gesicht ist von Tränen überströmt, es glänzt richtig in dem bleichen Licht.

»Eben bin ich aufgewacht, weil es mich beunruhigt, dass du dich fragen könntest, warum ich sie noch mit keinem Wort erwähnt habe. Deine Mutter. Vielleicht siehst du das immer noch falsch und glaubst, was man dir erzählt hat. Du warst ja noch so klein, als das passiert ist, du hast ja gar nicht wissen können, wie das wirklich war.«

Jetzt steht er auf und geht zum Fernseher, weit genug, dass der Strick an mir zerrt. Dann kommt er zurück und hat ein Buch in der Hand.

»Weißt du, was das ist, Junge?«

»Die Bibel«, sage ich.

»Das kannst du sogar im Dunkeln erkennen? Sehr gut. Und jetzt pass auf. Ich lege die rechte Hand auf diese Bibel. Siehst du?«

»Ja, Sir, ich sehe es.«

»Und die andere Hand lege ich auf mein Herz. Kannst du das sehen?«

»Ja, Sir, ich kann es sehen.«

»Sehr schön, Junge. Und jetzt hör mir zu. Ich, Kenneth David Kane, schwöre bei allem was heilig ist, dass ich die Mutter dieses Jungen nicht ermordet habe. Und wenn das nicht wahr ist, soll Gott mich auf der Stelle tot umfallen lassen.«

Ich warte, um zu sehen, ob irgendetwas passiert, aber

es passiert nichts. Im Zimmer bleibt alles beim Alten. Es riecht immer noch nach Omaparfüm und aushäusigen Katzen und meine Hände und Füße sind immer noch mit dem Strick gefesselt, den er sich um die Hüfte gebunden hat.

»Zufrieden?«, fragt er.

Ich will ihm antworten, aber mir schnürt sich die Kehle zu, und meine Zunge ist so trocken, dass ich kaum den Mund aufmachen kann. Ich kann nur daran denken, wie schwer seine Hand auf der Bibel gelegen hat.

»Ich habe dich etwas gefragt, Junge.«

»Ja, Sir«, sage ich. »Ich bin zufrieden.«

Danach legt er sich wieder hin, und bald höre ich wieder seine schweren Atemzüge. Aber ich kann nicht schlafen. Ich sitze da wie ein Klotz, bis die Sonne aufgeht, und meine Gedanken wehren sich gegen das, woran ich nie mehr erinnert werden wollte.

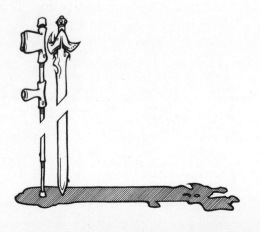

KAPITEL 18

TRAUE NIEMALS EINEM KRÜPPEL

Ich warte, dass endlich etwas passiert. Die ganze Welt schläft, nur ich nicht, und sein schwerer Atem ist das einzige Geräusch. Als es hell wird, versuche ich durch die Vorhänge vor dem Fenster der alten Frau zu spähen, aber die Schneeflocken an den Scheiben lassen alles vollends undeutlich werden, und nicht viel anders sieht es auch in meinem Kopf aus.

Als ich ihn vor mir auf dem Boden, auf diesem zu kleinen Teppich liegen sehe, fällt mir die Geschichte ein, in der ein Riese im Schlaf von winzig kleinen Leuten gefesselt wird. Nicht dass ich etwas unternehmen könnte. Ich bin bloß ein Klecks in diesem Sessel und fühle Hände und Füße nicht mehr.

Schließlich kommt von irgendwo hinten ein Geräusch, gefolgt von hastigen leisen Schritten, und mein Vater fährt so heftig hoch, dass er mich fast aus dem Sessel reißt.

Er steht und wirft wilde Blicke um sich, und dann gleitet Loretta Lee ins Zimmer.

»Frohe Weihnachten, Leute«, sagt sie. Sie hat eine

129

Pizzaschachtel in der Hand, und die hält sie uns hin wie ein Geschenk.

»Wo ist Iggy?«, fragt mein Vater.

»Der wartet auf den Weihnachtsmann«, sagt Loretta. »Heute Morgen ist alles geschlossen, aber die Pizza hatten wir noch übrig. Bedient euch.«

»Leg sie auf den Tisch«, sagt er und zieht mich an dem Strick auf die Beine. Und mit einem kalten Blick zu ihr: »Hau ab und hol Iggy.«

Loretta Lee hat einen langen Wintermantel an, der sauber und ganz neu aussieht; wahrscheinlich hat sie ihn zu Weihnachten bekommen. Aber ihre dünnen Beine sind nackt, jedenfalls da, wo sie in diesen alten Gummistiefeln verschwinden. Sie raucht eine Zigarette und sieht meinen Vater durch den Qualm blinzelnd an, als ob sie herauszufinden versucht, was er jetzt denkt.

»Warum kannst du nicht freundlich sein, Kenny?«, fragt sie. »Weißt du nicht mehr, wie gut wir in den alten Zeiten miteinander ausgekommen sind?«

»Die alten Zeiten sind vorbei«, sagt er. »Ist das alles, was du uns geben kannst: kalte Pizza von gestern?«

»He, Pizza ist sehr gesund«, sagt sie. »Da sind Vitamine drin und alles.«

»Ich will mit Iggy sprechen.«

Loretta zieht an ihrer Zigarette und zeigt ein schiefes Lächeln. Ihr Blick wandert immer wieder mal kurz zu mir und meinen Fesseln, aber meistens sieht sie ihn an. »Ig wird bald aufstehen«, sagt sie. »Er hat eine harte Nacht hinter sich.«

»Ich habe was mit ihm zu besprechen, Loretta«, sagt er. »Was Wichtiges.«

»Ja sicher«, sagt sie, dreht sich um und schlurft in ihren Stiefeln zur Hintertür.

Die Pizzaschachtel liegt auf dem Tisch, aber mein Vater sagt, wir dürfen nichts essen, was sie mit ihren dreckigen Händen angefasst hat. Dann führt er mich in diese finstere kleine Küche und bindet mich los; wir durchsuchen die Schränke und finden hauptsächlich Schachteln mit Trockenpflaumen und uralte Haferflocken. Die Sachen im Kühlschrank sind alle längst schlecht geworden, also esse ich einen Teller Cornflakes mit Wasser, und ich habe solchen Hunger, dass es mir beinahe sogar schmeckt.

»Das ist nur ein vorübergehender Zustand«, sagt er. »Wenn mein Plan aufgeht und wir unsere Karten richtig ausspielen, können wir leben wie die Könige.« Er unterbricht sich und blinzelt mich an, als ob er mir in den Kopf sehen will. »Wir haben großartige Zeiten vor uns. Na, freut dich das, Junge?«

»Ja, Sir.«

Er macht ein nachdenkliches Gesicht. »Ich hatte viel Zeit, mir den Plan zurechtzulegen. Viel Zeit, Menschen zu beobachten und herauszufinden, was in ihnen vorgeht. Als Erstes besorgen wir uns einen Bus, einen richtig großen Campingbus, so was beeindruckt die Leute, das ist immer wichtig. An die Seite schreiben wir: Prediger Kenneth David Kane. Vielleicht nehmen wir auch einen anderen Namen, nur um ganz sicher zu gehen. Hättest du gedacht, dass ich ein Mann Gottes bin, Junge? Hättest du mir das angesehen?«

»Ja, Sir«, sage ich. »Ich meine, nein, Sir.«

»Was soll das heißen, Junge?«

»Ich weiß nicht, Sir.«

Er streckt die Hand aus und fährt mir durch die Haare. »Das kommt noch«, sagt er. »Demnächst stehst du in einem schicken Anzug vor unserem Bus und sammelst Geld in einem Körbchen. Du wirst es nicht zu stehlen brauchen, weil die Menschen einem Mann Gottes gerne etwas spenden, und am liebsten hören sie von einem schlechten Mann, der sich gebessert hat. Ich habe gelernt, das Wort Gottes vor ungebildeten Sträflingen zu predigen, aber diese Männer waren auch nicht unwissender als viele andere Leute. Nein, nein. Wir werden prima über die Runden kommen.«

Als ich mit den Cornflakes fertig bin, fesselt er mich wieder.

»Nur zur Vorsicht«, sagt er. »Bis du endgültig bekehrt bist, kann ich nichts riskieren. Willst du das Licht sehen?«

»Ja, Sir.«

Er klopft sich grinsend an die Brust und sagt: »Du siehst es bereits, Junge. *Ich* bin das Licht, und dass du mir das nie vergisst.«

Er stellt den Fernseher an, aber das Ding bringt es nicht mehr; er probiert alle Kanäle durch, kriegt aber nur Bildsalat und flucht wütend auf die alte Frau und ihren blöden Kasten. Dabei laufen jetzt sowieso nur Weihnachtssendungen und Zeichentrickfilme, und er will ja die Nachrichten sehen, ob wir da schon drin sind.

»Ich wette, die vermissen dich noch gar nicht«, sagt er. »Wenn sie dich wie ein Tier in den Keller sperren, wie sollen sie dann mitbekommen, dass du nicht mehr da bist?«

132 Wir sitzen herum und warten auf Iggy, als plötzlich grelles Blaulicht über die Vorhänge zuckt. Er packt mich am Kragen und zieht mich neben sich auf den Boden. Das

weißblaue Flackern bewegt sich langsam vorbei und leuchtet das ganze Zimmer aus.

»Vielleicht suchen sie einen anderen«, sagt er. »In so einer Gegend ist immer irgendwas los. Aber man kann gar nicht vorsichtig genug sein.«

Als die Lichter weg sind, kriecht er ans Fenster und sieht hinaus.

»Es gibt nichts Dümmeres als einen dummen Polizisten«, sagt er. »Wenn die wirklich so schlau wären, würden sie Weihnachten nicht arbeiten, stimmt doch.«

»Ja, Sir«, sage ich.

»Halt den Mund, Junge, ich muss nachdenken.«

Ich liege immer noch gefesselt auf dem Boden, als Iggy durch die Hintertür reinschleicht. Ich erkenne ihn an seinem schlurfenden Gang und den schweren Stiefeln.

»Kenny!«, flüstert er. »Bist du da?«

»Natürlich bin ich da«, sagt er. »Komm rein.«

Iggy kommt ins Zimmer und sieht sich hektisch um. Es scheint ihn zu überraschen, dass ich gefesselt bin, aber dann zuckt er die Achseln und beachtet mich gar nicht mehr. »Ganz schön knapp«, sagt er. »Hast du den Streifenwagen gesehen?«

»Hab ich.«

»Die sind direkt zu mir an die Tür gekommen und haben nach dem Jungen gefragt«, sagt er. »Ich habe ihnen gesagt: ›Kommt wieder, wenn ihr einen Durchsuchungsbefehl habt, dann könnt ihr nachsehen, was ich unter meinem Bett versteckt habe‹. Aber ich habe sie von der Tür aus in die Wohnung sehen lassen, damit sie sich überzeugen konnten, dass du nicht da bist.«

»Und? Haben sie sich überzeugen lassen?«

»Das kann man bei den Bullen nie wissen.«

Plötzlich legt mein Vater ihm einen Arm um die Schultern und drückt ihn, und ich sehe den kalten ängstlichen Blick in Iggys Augen und den feuchten Mund in seinem Bart. »Du hast mich verpfiffen, gib's zu«, sagt mein Vater. »Warum hätten sie sonst ausgerechnet als Erstes zu dir kommen sollen?«

Iggy lacht, aber es klingt ziemlich nervös. »Das war dieser verkrüppelte Zwerg«, sagt er. »Den hatten sie im Wagen mitgebracht. Loretta hat ihn erkannt, sie hat ihn durchs Fenster gesehen.«

Freak.

»Was für ein Zwerg?«, fragt mein Vater. »Glaubst du, auf so was fall ich rein?«

Iggy zeigt auf mich und sagt: »Frag ihn, ob er mit einem Zwerg befreundet ist. Die beiden haben Lorettas Handtasche geklaut, deswegen kennen sie unsere Wohnung. Ehrlich, Kenny, das ist die reine Wahrheit.«

Mein Vater kniet sich neben mich und sieht mir in die Augen. Seine Miene ist völlig ausdruckslos. »Nun?«, sagt er. »Dann erzähl mal.«

»Wir haben die Tasche nicht gestohlen«, sage ich. »Wir haben sie nur zurückgebracht.«

»Ach«, sagt mein Vater. »Das ist ja eine *tolle* Geschichte. Gefällt mir wirklich *sehr*.«

Iggy spricht ziemlich hastig, als ob er das nur schnell loswerden und dann endlich verschwinden möchte. »Der Krüppel ist der Sohn von Gwen. Erinnerst du dich an Gwen? Loretta sagt, sie und deine Frau waren früher mal befreundet.«

Mein Vater streckt die Hand aus und drückt Iggy in den

Omasessel. »Vergiss diese Frau. Entscheidend ist nur, dass die Polizei auf dich gekommen ist, nicht durch wen. Und wie sollen wir jetzt weitermachen?«

Iggy kratzt sich am Bart und will etwas sagen, aber mein Vater kommt ihm zuvor: »Halt den Mund und lass mich nachdenken.«

Iggy hält den Mund. Manchmal sieht er verstohlen zu mir runter, als ob er mir mit den Augen etwas sagen will, aber ich komme nicht dahinter, was er meint.

Nach einer Weile sagt mein Vater: »Als Erstes besorgst du mir eine Schusswaffe. Irgendwas Kleines, aber Praktisches. Und dann ein Transportmittel. Was, ist mir egal, Hauptsache es fährt. Kannst du das für mich tun?«

Iggy sagt, kann er, kein Problem.

»Dann tu es«, sagt mein Vater. »Je schneller desto besser.«

Iggy schiebt ab, er geht rückwärts aus dem Zimmer. Mein Vater zieht mich an dem Strick hoch und sagt: »Ich weiß, du bist nicht so dumm und verschwendest deine Zeit damit, zusammen mit einem Krüppel Handtaschen zu klauen. Einem Krüppel kann man nicht trauen, aber das hast du ja inzwischen selbst kapiert, oder?«

Er ruckelt an dem Seil.

»Ja, Sir.«

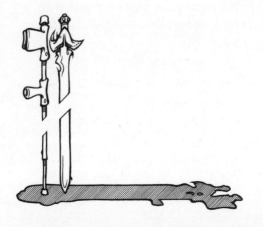

KAPITEL 19

IN DIE SCHWARZE
UNTERWELT

Wir müssen die Wohnung der alten Frau verlassen. Man kann ja nie wissen, womöglich kommt die Polizei wieder.

»Die sind wie Ameisen«, sagt mein Vater. »Nicht besonders klug, aber sehr zahlreich und hartnäckig.«

Das Haus auf der anderen Seite des Durchgangs ist mit Brettern zugenagelt; früher war es bewohnt, aber dann ist es abgebrannt, und mein Vater beschließt, dass wir uns dort verstecken, bis Iggy ein Auto besorgt hat.

Er zerrt mit einer Hand ein großes Stück Sperrholz von einem der Fenster. Das Quietschen der Nägel hört sich an wie kreischende Katzen, und dann springt auf einmal tatsächlich eine schwarze Katze aus der Öffnung. Mein Vater zuckt so heftig zusammen, dass er mich umreißt und ich mit dem Kopf auf den Boden schlage.

»Blödes Vieh«, sagt er. »Komm, steh auf, das ist nur ein Kratzer, das bisschen Blut bringt dich nicht um.«

Es bringt mich nicht um, und irgendwie gefällt mir der salzige Geschmack im Mund sogar, ich fühle mich plötzlich wacher.

»Geh da rein«, sagt er, und dann zieht er mich durch dieses ausgebrannte Fenster ins Innere des Gebäudes.

Dort ist alles triefnass und schwarz, bis auf die Stellen, wo durch Löcher im Dach Schnee eingedrungen ist. Die meisten Innenwände stehen nicht mehr, und man sieht noch, wo der Hauptbalken vom Feuer angefressen wurde. Überall hängen alte Rohre und Drähte herum, und der Boden ist mit rauchfarbenen Glassplittern übersät.

»Ich hab mich schon immer gefragt, wie es wohl in der Hölle aussehen mag«, sagt er. »Jetzt weiß ich es.«

Er entdeckt die Treppe, die in den Keller führt; der Zugang ist mit Brettern abgedeckt, und die zieht er jetzt beiseite. »Hier kannst du dich wie zu Hause fühlen«, sagt er. »In deinem Kellerloch sah's auch nicht viel anders aus.«

Es ist so dunkel, er muss sein Feuerzeug anmachen, aber die kümmerliche Flamme reicht nicht mal bis ans Ende der Treppe. »Du gehst vor«, sagt er. »Wenn wir zusammen auf einer Stufe stehen, könnte sie einbrechen.«

Die Stufen sind aus starkem Holz, aber glitschig und irgendwie schwammig an den Stellen, auf die seit Jahren Wasser getropft ist, und ich spüre richtig, wie sie sich unter meinen Füßen durchbiegen. Es gibt zwar ein Geländer, aber mit zusammengebundenen Händen nützt mir das nicht viel, und so wie er das Feuerzeug hält, könnte ich genauso gut die Augen zumachen, denn ich sehe in dieser Finsternis sowieso nichts.

Ich rutsche aus und gerate ins Stolpern, aber er hält mich am Seil fest, und dann hänge ich mit den Füßen strampelnd in der Luft und höre ihn sagen: »Immer mit der Ruhe, Junge. Eine Stufe nach der anderen.«

Schließlich kommen wir unten an. Durch das schmale

Kellerfenster fällt ein schräger Streifen Licht, genug, dass wir uns durch all den verbrannten Schutt tasten können, der von oben runtergefallen ist.

»Die Unterkunft könnte besser sein«, sagt er. »Das gebe ich zu. Sobald Iggy die Sachen besorgt hat, machen wir uns auf die Socken.«

Er bindet mir wieder die Füße zusammen und wickelt das Seil stramm um einen kaputten alten Heizkessel, der umgestürzt auf dem Boden liegt; ich kann mich kaum bewegen und auch nicht hinter mich sehen.

»Du musst das verstehen, ich kann dir noch nicht trauen«, sagt er. »Wenn wir erst mal unterwegs sind, wird alles anders. Deine Klugheit wird mit jeder Meile wachsen, die wir zwischen uns und diesen Ort hier bringen.«

Er reißt mir ein Stück vom Hemd ab und bindet mir den Mund zu, damit ich, sagt er, nicht schreie und die ganze Nachbarschaft aufwecke. Er streicht mir noch einmal ganz leise übers Haar. Ich bin mir ziemlich sicher, er lächelt mich freundlich an, auch wenn es so düster ist, dass man kaum was erkennt. »Bleib einfach hier sitzen und warte einen Moment«, sagt er. »Ich muss mit jemandem über ein Auto sprechen.«

Dann gleitet er davon und ich verhalte mich still, für den Fall, dass das ein Trick ist und er sich in Wirklichkeit von hinten an mich ranschleicht um zu sehen, ob ich meine Hände freikriegen kann. Aber das kann ich nicht, der Strick schneidet mir so fest in die Handgelenke, dass sie ganz betäubt und geschwollen sind, und schließlich gebe ich alle weiteren Versuche auf und sitze bloß noch da und warte, dass meine Augen sich an die Dunkelheit gewöhnen.

Das schmale Fenster zeichnet sich halbwegs deutlich ab. Es ist kaum breit genug für eine Katze. Darunter ist ein großer Haufen Kohle an die Grundmauer geschüttet. Von oben kommen knarrende Geräusche, als er dort herumgeht und sich bemüht, möglichst leise aufzutreten.

Ich höre mir das an und versuche durch das kleine Fenster zu spähen, und plötzlich bewegt sich etwas dort hinter dem Licht.

Ich glaube, ich höre am Fenster so etwas wie ein Kratzen, aber man kann nicht alles glauben, was man im Dunkeln hört. Was auch immer es ist, es geht jedenfalls wieder, und ich denke, wahrscheinlich war das nur eine Katze, oder vielleicht ein Hund, der da oben rumgeschnüffelt hat. Und dann halte ich nur noch still, denn je mehr ich mich bewege, desto fester zieht sich der Strick zusammen.

Als Nächstes höre ich etwas auf der Treppe, Füße, die ganz leicht aufzutreten versuchen, und dann geht eine Taschenlampe an, und eine Frauenstimme fragt: »Bist du hier, Junge?«

Loretta Lee.

Ich kann nichts sagen, weil mir ja der Mund zugebunden ist. Ich kann nur ein bisschen mit den Füßen scharren, um ihr zu zeigen, wo ich bin. Ihrer zittrigen dünnen Stimme kann man anhören, dass die Dunkelheit ihr Angst macht. »Junge? Sag mir, dass du es bist. Großer Gott, was *mache* ich eigentlich hier?«

Dann fällt mir das Licht der Taschenlampe direkt in die Augen, und sie stolpert über das Gerümpel zu mir hin. Als Erstes nimmt sie mir den Knebel ab, und ich hole so tief Luft, dass mir die Lunge wehtut.

»Das ist nicht richtig«, flüstert sie. »Den eigenen Sohn zu fesseln, das ist nicht richtig. Er ist wirklich nicht mehr der Mann, den ich mal gekannt habe.«

Ich will etwas sagen, weiß aber nicht was, aber mein Mund ist sowieso ganz ausgetrocknet. Sie hat die Taschenlampe auf den Boden gestellt, sodass der Lichtkegel nach oben zeigt, und jetzt versucht sie den Strick aufzubinden.

»Knoten machen kann er, das muss man ihm lassen«, sagt sie.

Sie fummelt weiter, und ich spüre, wie ihre Hände zittern. Außerdem höre ich oben die Bodenbretter knarren, bin mir aber nicht sicher, es könnte auch nur der Wind sein.

Loretta sagt: »Pass auf. Iggy lenkt ihn so lange ab, bis ich dich befreit habe. Ist das nicht ein guter Plan? Auf den Straßen laufen genug Polizisten für einen ganzen Krieg herum, wir sind also einigermaßen in Sicherheit, wenn wir erst mal aus diesem verdammten Loch rauskommen.«

Ihre Hände zerren an dem Seil, nervös und hastig, aber davon zieht sich der Knoten nur noch fester zusammen. Schließlich kommt sie auf die Idee, den Strick an der schartigen Kante des Heizkessels durchzuscheuern. »Das hab ich mal in einem Film gesehen«, flüstert sie. »Den Titel hab ich vergessen.«

Sie rubbelt das Seil an der scharfen Kante dieses alten Heizkessels, und nach einer Weile hat sie es durch. Aber der eine Schnitt reicht nicht, sie muss das Ganze noch zweimal wiederholen, bis das Seil endlich abgeht, und ich kann ihr kaum dabei helfen, so gefühllos und geschwollen sind meine Hände.

»Jetzt müssen wir noch deine Füße freikriegen«, sagt

sie. »Ich kann dich ja wohl nicht hier raustragen. Meinst du, dass du gehen kannst, wenn ich dich losgebunden habe?«

»Ja, Madam«, sage ich.

Das bringt sie zum Kichern. »Wie höflich wir auf einmal sein können«, sagt sie. »So, das dürfte reichen.«

Meine Füße kommen frei, ich versuche aufzustehen und muss mich dabei leicht auf sie stützen. »Moment, Schätzchen, ich will noch die Taschenlampe aufheben.«

Sie bückt sich danach, und dann gibt sie einen Ton von sich, als ob ihr was im Hals stecken geblieben ist.

Zwei große Hände haben sich um ihren Hals gelegt. Ich sehe meinen Vater riesenhaft aus dem Dunkel kommen, er drückt ihr mit beiden Händen die Kehle zu und schiebt sie von mir weg.

»Dumme Gans«, sagt er. »Ich werd dich lehren, mit deinen schmutzigen Fingern meinen Sohn anzufassen!«

Loretta kann nicht sprechen, sie fällt auf die Knie und versucht seine Hände von ihrem Hals wegzuziehen, aber das ist sinnlos, sie schafft es nicht, er erwürgt sie mit bloßen Händen, und niemand kann ihn aufhalten, niemand, niemand.

KAPITEL 20

FREAK DER STARKE SCHLÄGT WIEDER ZU

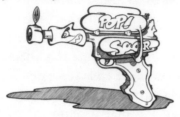

Sogar ein Vollidiot wie ich weiß, dass man Killer Kane nicht aufhalten kann, aber ich versuche es trotzdem. Meine Hände sind immer noch wie ausgeschaltet, und gehen kann ich auch kaum, also lasse ich mich einfach irgendwie auf ihn fallen und versuche ihn von ihr wegzustoßen.

Ich schreie: »Hör auf! Ich sehe dich! Ich sehe dich! Daddy, bitte, bitte, hör auf, du bringst sie um!«

Er schnipst mich einfach weg. Er ist aus Eisen und Stahl, er knirscht mit den Zähnen und drückt ihr die Kehle zu. Man sieht das Weiße in ihren Augen, sie hat schon aufgehört sich zu wehren.

Ich versuche mich dazwischenzuwerfen und schreie: »Ich habe gesehen, wie du sie ermordet hast! Ich habe gesehen, wie du Mama ermordet hast! Das habe ich nie vergessen! Ich weiß, du hast sie ermordet! Ich *weiß* es!«

Es ist, als ob ich unter Wasser gefangen bin, ich fühle mich flau und kraftlos, ich komme nicht gegen ihn an, kann ihm nicht die Finger vom Hals meiner Mutter reißen. Von Lorettas Hals. Denn jetzt gerät alles durcheinander, er macht mit Loretta Lee dasselbe wie damals mit meiner Mutter, er quetscht ihr das Leben aus dem Leib, er hat wieder denselben kalten Killerblick, denn er *will*, dass sie stirbt, so wie er gewollt hat, dass Mama stirbt, und für ihn zählt ausschließlich, was er will.

Ich schubse im Dunkeln an ihm herum. Das Licht fällt ihr in die Augen, und da sehe ich, sie starrt mich an, und sie ist so weit weg, ich komme mir wieder vor wie vier Jahre alt, beobachte die Szene durch den Spalt der Schlafzimmertür und stürze mich hinein, um mit meinen kleinen Fäusten auf ihn einzutrommeln, während ihr das Licht aus den Augen schwindet.

Aber ich bekomme ihn nicht von ihr los und kann immer nur schreien: »Ich weiß, du hast sie umgebracht! Ich hab's gesehen! Ich habe dich dabei gesehen! Du hast sie ermordet! Das vergesse ich nie, niemals!«

Schließlich wirft er mit einem Ruck den Kopf herum, ich spüre, dass er mich ansieht, und dann lässt er sie los. Loretta rutscht nach unten, und ich höre sie im Dunkel des Kellers atmen wie einen verletzten Vogel.

»Wie war das?«, sagt er und streckt die Hand nach mir aus. »Was hast du gesagt?«

»Ich habe dich dabei gesehen«, sage ich. »Ich habe gesehen, wie du meine Mutter ermordet hast.«

»Da warst du ja nicht mal vier Jahre alt«, sagt er und schlingt mir seine riesigen Hände um den Hals, allerdings nur ganz leicht. Ich fühle sein Herz schlagen, ich spüre seinen kühlen Atem im Gesicht und möchte am liebsten einschlafen. »Du kannst dich unmöglich daran erinnern«, sagt er. »Das bildest du dir nur ein.«

»Nein«, sage ich. »Ich erinnere mich genau.«

»Das kommt nur daher, weil sie dich gegen mich aufgehetzt haben. Sie haben dir das so lange eingeredet, dass du jetzt glaubst, du könntest dich daran erinnern.«

Er zieht mich näher heran, hält mich noch immer locker am Hals, und ich spüre den Puls in seinen Händen.

»Sie sprechen nie davon«, sage ich. »Das brauchen sie gar nicht, weil ich es sowieso nicht vergessen kann, auch wenn ich mir noch so große Mühe gebe.«

»Nein«, sagt er, und sein Gesicht ist meinem so nahe, dass ich die Wärme davon aufsteigen fühle. »Unmöglich, das kann nicht sein.«

»Du hattest eine braune Kordhose an«, sage ich; ich rede so schnell, dass ich innerlich zu zittern anfange. »Und ein schwarzes T-Shirt ohne Ärmel. Ich wollte dich wegziehen, aber ich konnte nicht, und dann hast du mich in mein Zimmer zurückgetragen und mich ins Bett gelegt und gesagt, ich hätte das alles nur geträumt. Du hast mich im Zimmer eingeschlossen, aber ich bin ans Fenster gelaufen und habe es mit der bloßen Hand eingeschlagen und um Hilfe geschrien, es soll jemand kommen und meiner Mama helfen.«

Mein Vater stöhnt auf. »Gott, ich wünschte, ich hätte das nicht getan, Junge. Es hat mich Jahre meines Lebens gekostet.«

»Sie haben dich geschnappt, Daddy, und sie haben dich für immer eingesperrt. Aber du hast sie reingelegt, und da haben sie dich wieder gehen lassen.«

»Ich muss das zu Ende bringen«, sagt er, als ob er mit sich selber redet. »Ich muss das zu Ende bringen und von hier verschwinden.«

Und dann krallt er mir entschlossen die Hände um den Hals. Ich versuche mich zu wehren, aber ich bin so klein und schwach, und er ist so groß und stark, ich kann ihn nicht aufhalten, niemand kann Killer Kane aufhalten.

Er drückt mir den Hals zu, endlos.

Ich bin schon ganz weit weg, falle langsam schwebend und wie im Traum nach unten, als ich plötzlich das Splittern einer Fensterscheibe höre. Dann von weit her eine schwache Stimme: »Hände hoch, Schurke!« Und dann falle ich wirklich, und die Luft strömt mir so schnell in die Lunge zurück, dass es wehtut.

Ich liege verkrümmt auf dem Boden und sehe Freak. Er ist durch das Kellerfenster über den Kohlehaufen nach unten gerutscht und versucht gerade aufzustehen.

»Ich warne Sie«, sagt er auf seine wilde dreiste Art.

Er hat eine Wasserpistole in der Hand, eins von diesen Riesendingern, in die ein paar Liter Wasser reingehen.

Killer Kane starrt mich an, dann Loretta, die sich stöhnend am Boden wälzt, dann sieht er Freak an, schüttelt den Kopf und sagt: »Glaubst du, ich kann ein echtes Gewehr nicht von einem falschen unterscheiden, du Missgeburt?«

Und schon will er nach ihm greifen. Freak stolpert ein paar Schritte zurück, aber er kann ja nicht richtig laufen, und selbst wenn er laufen könnte, hätte er gar keinen Platz dazu.

»Soll *das* etwa dein Komplize sein?«, fragt mich Killer Kane. »Allmählich glaube ich, du bist tatsächlich geistig zurückgeblieben.«

146

Freak zielt ihm mit der Wasserpistole direkt ins Gesicht und sagt: »Raten Sie mal, was ich zu Weihnachten bekommen habe, Mr Kane. Aber machen Sie keinen Fehler, Ihr Leben hängt nämlich davon ab.«

Killer Kane sagt kein Wort, er streckt nur die Hand aus, ganz langsam, weil er weiß, dass Freak nicht weglaufen kann.

»Ich habe zu Weihnachten diese Wasserpistole bekommen«, sagt Freak. »Und einen Chemiekasten.«

Killer Kane sieht die Wasserpistole an und schüttelt den Kopf, als ob er sagen will: Willst mich auf den Arm nehmen?

»Schwefelsäure«, sagt Freak. Er hebt die Waffe und visiert am Lauf entlang. »Das gute alte zuverlässige H_2SO_4, eine ölige, klare, ätzende Flüssigkeit, die in Farben, Sprengstoffen und vielen chemischen Experimenten verwendet wird.«

Killer Kane sagt: »Du lügst, Junge, mich kannst du nicht reinlegen.«

Und da drückt Freak auf den Abzug und spritzt ihm das Zeug in die Augen.

Killer Kane stößt einen schrillen panischen Schrei aus und reibt verzweifelt an seinen Augen herum. Und irgendwie hat sein Geschrei mich aufgeweckt, denn plötzlich trage ich Freak auf den Armen und laufe auf meinen immer noch gefühllosen Füßen so schnell ich kann durch die Dunkelheit zur Treppe.

»Schneller!«, kreischt Freak. »Er ist direkt hinter dir, schneller!«

Ich kann mich nicht umdrehen, aber ich spüre ihn, spüre seinen eiskalten Atem im Nacken und seine Hände, die sich blind nach mir ausstrecken. Und dann bin ich auf der Treppe und renne hinauf.

Die Stufen brechen unter meinen Füßen ein, ich höre sein wütendes Gebrüll hinter mir und fühle seine Hände an meinen Knöcheln, als er mich festzuhalten versucht. Aber nur für eine Sekunde.

Ich trete mich frei, und schon stürmen wir aus dem Kellerloch ins Erdgeschoss. Tageslicht dringt durch die Ritzen der zugenagelten Fenster, ich lege schützend die Arme um Freak und stürze mich mit einem Riesensatz durch die Bretter. *Krach.*

Geblendet von der Sonne, schlittern und wälzen wir uns in dem sauberen kalten Schnee.

Hände greifen nach mir, und ich versuche mich loszustrampeln.

»Ruhig!«, sagt eine Stimme. »Ganz ruhig, Junge, alles in Ordnung!«

Iggy Lee. Er blickt mit roten Augen auf mich hinunter, und ich kann sehen, wo er sich den Bart abgekaut hat. Ich sitze im Schnee und blinzle zu Iggy hoch, und überall sind Polizisten, Millionen von Polizisten, und Freak lacht wie ein Irrer und sagt: »Es hat funktioniert! Er ist drauf reingefallen! Seife und Essig und Currypulver! Ein echtes Zaubermittel!«

Ich verstehe überhaupt nicht, wovon er redet, erst später komme ich dahinter, dass er gar keine Säure in seiner Wasserpistole hatte, sondern bloß Seife und Essig und Currypulver – und Killer Kane hatte sich nur eingebildet, das Zeug würde ihm die Augen verätzen, Killer Kane, der sich noch immer verzweifelt die Augen reibt und um Hilfe bettelt, als man ihm Handschellen anlegt und ihn in ein Polizeiauto verfrachtet.

Fürs Erste kann ich aber nur an die arme Loretta denken. Ich sage den Polizisten, dass sie noch da unten im Keller liegt. Ich habe Angst, dass mir keiner zuhört, aber das tun sie anscheinend doch, denn kurz darauf tragen sie sie aus dem Keller, und Iggy stürzt zu ihr hin und schreit ihren Namen.

»Sie atmet noch«, sagt jemand.

Dann taucht Gram aus dem Gewühl der Polizisten auf, dicht gefolgt von Grim, und auch Gwen ist dabei, und alle machen ein ziemliches Theater und heulen, besonders Gram, die mich so fest in die Arme nimmt, dass ich kaum noch Luft bekomme.

Die schöne Gwen hält Freak in den Armen und sagt: »Du solltest doch im Auto bleiben, kannst du nicht hören? Kannst du nicht hören?«

Ich sehe über Grams Schulter, wie er über Gwens Schulter zu mir rübersieht, und als sie ihn wegträgt, hebt er triumphierend den Daumen.

»Freak der Starke!«, sagt er. »Freak der Starke hat wieder zugeschlagen!«

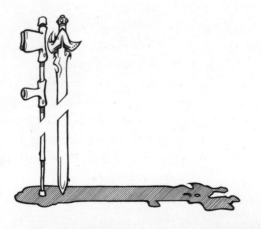

KAPITEL 21

EIN VERSEHEN
DER NATUR

Wir mussten dann natürlich alle zur Polizeiwache, wo man jede Menge Fotos von den blauen Flecken an meinem Hals machte und schließlich auch darauf bestand, dass ich mich röntgen lassen sollte, weshalb wir dann erst mal ins Krankenhaus rübergingen und *das* erledigten, um danach wieder die Polizeiwache aufzusuchen, was alles mir fast genauso an die Nieren ging wie die ganze Entführung vorher.

Als wir das zweite Mal bei der Polizei sind und Grim mit mir zusammen in einem Büro wartet, sagt er: »Du glaubst gar nicht, was für ein Gefühl das war, aus dem Keller zu kommen und diese zwei Fußspuren im Schnee zu sehen. Ich wusste, dass er es war, ich habe es sofort gewusst.«

Er bat Gram so lange, nach Hause zu gehen, bis sie es schließlich tat, und wir blieben tatsächlich noch stundenlang auf der Wache, weil ich die ganze Geschichte immer und immer wieder von vorn erzählen musste, bis ich dachte, ich falle tot vom Stuhl, wenn ich noch ein einziges

Mal gefragt werde, was passiert ist, nachdem ich im Dunkeln aufgewacht und aus meinem Bett entführt worden war.

Grim tätschelt mir beruhigend den Arm und sagt: »Das ist wichtig, Max. Vielleicht sperren sie ihn diesmal für immer ein.«

Das sagen sie alle die ganze Zeit, dass sie Killer Kane jetzt endlich da haben, wo sie ihn haben wollen: Verstoß gegen die Bewährungsauflagen, Verstoß gegen die Unterlassungsauflagen, Entführung eines Minderjährigen, zweifacher versuchter Mord an mir und der heldenhaften Rockerbraut, wie Loretta Lee von den Zeitungen getauft wurde.

Wie man hört, ist sie ziemlich schwer verletzt, er hat ihr einen Knochen im Hals gebrochen, aber angeblich soll sie wieder gesund werden, auch wenn das noch eine ganze Weile dauern kann. Als ich Iggy damals im Krankenhaus warten sah, kaute er sich vor Sorge ein richtiges Loch in den Bart, und ich dachte, eigentlich ist er doch gar kein so übler Kerl.

Womit, wie Grim sagt, wieder einmal bewiesen wäre, dass man einen Menschen nie nach dem Äußeren beurteilen sollte.

Alles in allem sind das, wie ihr euch vorstellen könnt, reichlich seltsame Weihnachtsferien, und Gram bemuttert mich schrecklich und will mich nicht mehr im Keller schlafen lassen.

»Es ist mir egal, ob er hinter Schloss und Riegel ist«, sagt sie.

Grim sagt, ich soll der Frau bitte ihren Willen lassen,

sie sorgt sich halb zu Tode; also schlafe ich oben auf dem Klappbett, und Gram kommt dauernd nachsehen, ob ich noch da bin. Das nervt, aber sie kann nicht anders, und irgendwie bin ich ja auch froh, dass ich nicht allein in der Unterwelt liege.

Und Freak, na ja, als die schöne Gwen mit ihm nach Hause kommt, kriegt sie einen Wutanfall, weil er ihren ausdrücklichen Befehl missachtet und sich weggeschlichen hat, um mich zu befreien, aber nach einer Weile beruhigt sie sich und sieht ihn nur noch kopfschüttelnd an.

»Was soll ich nur mit dir anfangen?«, fragt sie.

»Gib mich zur Adoption frei«, sagt er. »Ich möchte bei den Waltons leben.«

Er meint diese Fernsehserie, die andauernd wiederholt wird, und natürlich zieht er sie nur auf, aber die schöne Gwen findet das gar nicht komisch.

»Keine verrückten Abenteuer mehr, keine gefährlichen Suchen, junger Mann. Du musst vorsichtig sein«, sagt sie immer wieder. »Ganz besonders vorsichtig.«

Sie meint die Schwierigkeiten, die er manchmal mit dem Atmen hat, weil sein Inneres irgendwie schneller wächst als sein Äußeres, das eigentlich noch überhaupt nicht gewachsen ist.

Freak geht jetzt alle paar Monate in diese medizinische Forschungsanstalt, aber nur ungern, auch wenn ihm dort niemand Schmerzen zufügt.

»Dr. Spivak sagt, mein einzigartiger Status als ein Wunderwerk genetischer Aberration macht mich zu einem Gegenstand heftiger Neugier«, erklärt er auf seine hochtrabende Art. »Spezialisten in aller Welt sind mit meinem Fall vertraut.«

»Und was ist mit der geheimen Operation?«, frage ich, als die schöne Gwen uns nicht hören kann. »Wo du einen Roboterkörper kriegen sollst?«

Freak macht ein abgeklärtes, wissenschaftliches Gesicht und antwortet immer dasselbe: »Die bionische Forschung geht weiter, mein Freund. Die Arbeit wird fortgesetzt.«

Ich weiß nicht, warum ich ihn so oft danach frage, denn eigentlich läuft es mir bei der Vorstellung kalt den Rücken runter. Man sollte meinen, ich könnte das genauso locker sehen wie Freak, schließlich soll *er* ja diesen neuen bionischen Körper bekommen, aber schon bei dem Gedanken daran könnte ich aufspringen und wild durch die Gegend rennen.

Ich sage Gram immer wieder, dass ich nicht zur Schule möchte, wenn Freak ins Krankenhaus muss, weil wir doch sozusagen ein Team sind. Aber das lässt sie nicht gelten.

»Ich weiß, dass Kevin dir sehr geholfen hat«, sagt sie. »Aber du hast doch auch selbst ein Gehirn, Junge, oder?«

Ja, von wegen.

Nach den Weihnachtsferien hat sich in der Schule auch noch etwas anderes geändert: Alle sind neidisch, dass unsere Bilder in der Zeitung und im Lokalfernsehen zu sehen waren. Mrs Donelli nennt uns in der Englischstunde »das dynamische Duo« und hängt ein Zeitungsfoto von uns ans schwarze Brett. Und natürlich hat uns irgendein Idiot gleich am ersten Tag Schnurrbärte angemalt.

Freak sagt, er sieht doch gut mit einem Schnurrbart aus und kann es kaum erwarten, bis er einen richtigen bekommt, und Mrs Donelli soll das Bild einfach hängen lassen. Ich selbst habe die ganze Sache praktisch sofort vergessen. Mir graust vor der Vorstellung, dass ich bei dem Prozess aussagen muss, dass ich da erzählen muss, was wirklich passiert ist; aber alle sagen, das muss ich machen, wenn ich will, dass er für den Rest seines Lebens eingesperrt wird. Und das will ich, besonders nach dem, was er der armen Loretta angetan hat, die mir doch nur helfen wollte.

»Wenn du nicht willst, kann dich niemand dazu zwingen«, sagt Freak. »Ein Sohn braucht nicht gegen seinen Vater auszusagen.«

»Grim meint, das wird mir gut tun. Außerdem macht er sich Sorgen, dass sie ihn wieder freilassen, oder dass er die Geschworenen für sich einnimmt, wenn er auf die Bibel schwört.«

»Grim macht sich zu viel Sorgen«, sagt Freak. »*Alle* machen sich zu viel Sorgen.«

Und am Ende behält Freak Recht, was Killer Kane betrifft. Denn kurz bevor der Prozess beginnen soll und als ich mir schon die Fingernägel bis zu den Knöcheln abgekaut habe, bekommt Grim einen Anruf, und noch am Telefon stößt er die Faust nach oben und ruft: »Ja! Ja!«

Passiert war Folgendes: Killer Kane hatte sich schuldig bekannt, und dafür muss er nun den Rest seiner ursprünglichen Strafe absitzen und dann noch einmal zehn weitere Jahre.

»Wenn er rauskommt, ist er ein alter Mann«, sagt Grim. »Älter als ich jetzt bin.«

Eigentlich müsste ich jetzt rundrum zufrieden sein, aber stattdessen fühle ich mich seltsam unruhig, und Grim, der sich immer noch einbildet, alles zu wissen, sagt, dass ich mich wohl erst mal an den Gedanken gewöhnen muss.

»Der Mann ist ein Versehen der Natur«, sagt er. »Du hast von ihm nur das Aussehen und die Körpergröße. Aber das Herz hast du von deiner Mutter, und das ist das Wichtigste.«

Aber ich werde den unheimlichen Gedanken nicht los: Was, wenn ich älter werde und mich auch als Versehen der Natur herausstelle?

Eines Abends kurz vor dem Schlafengehen ertappt mich Grim bei diesem Gedanken, und er setzt sich zu mir ans Fußende des Klappbetts und sagt: »Wenn du erst mal erwachsen bist, wirst du das alles besser verstehen, Maxwell. Und jetzt schlaf gut und schlag dir die Flausen aus dem Kopf.«

Ich weiß, Grim meint es gut, aber manchmal sagt er reichlich dummes Zeug. Denn genau davor habe ich ja Angst: erwachsen zu werden.

KAPITEL 22

ERINNERUNG IST NUR EIN BILD IM KOPF

»Der Frühling ist ausgebrochen«, sagt Freak. »Und wir auch.«

Es ist der letzte Schultag, und wir nehmen den langen Weg nach Hause. Inzwischen trage ich ihn seit fast einem Jahr auf den Schultern. Wir nennen das hoch zu Ross gehen, und wenn wir auch, damit die schöne Gwen keinen Wutanfall bekommt, in letzter Zeit keine gefährlichen Suchen mehr unternommen haben, hat Freak das Drachentöten noch nicht so ganz aufgegeben.

»Die Welt ist wirklich und wahrhaftig grün«, sagt er. »Erinnerst du dich, wie es damals in der Eiszeit war, als Gletscher die Erde bedeckten und Säbelzahntiger durch die frostigen Nächte streiften?«

»Äh, nein«, sage ich. »Wie soll ich mich daran erinnern? Da war ich ja noch gar nicht geboren.«

»Stell dich nicht so dumm an«, sagt er. »Erinnerung ist nur ein Bild im Kopf.«

Ich sage: »Was soll das denn heißen?«

»Dass du dich, wenn du willst, an alles erinnern kannst,

157

ob es geschehen ist oder nicht. Zum Beispiel kann ich mich erinnern, wie es in der Eiszeit war. Ich habe alles Mögliche zu erfinden versucht – das Rad, die Zentralheizung, Kanalisation –, aber die Neandertaler waren schon zufrieden, wenn sie ein Lagerfeuer und eine Pelzjacke hatten.«

Wenn ihr annehmt, dass Freak gerade ein Buch über die Eiszeit gelesen hat, habt ihr Recht. Er hat hinter jedem Busch einen Säbelzahntiger gesehen, nur dass die sich bis jetzt noch alle als streunende Katzen entpuppt haben, das heißt, einmal war es ein Stinktier – wie gut, dass ich so schnell laufen kann, denn sonst hätten wir in Tomatensaft baden müssen, das ist nämlich die einzige Methode, den Gestank wieder loszuwerden.

»Die Elektrizität zu erfinden, das wäre ziemlich schwierig«, sagt er, »ohne Kupferdraht und Magnete. Aber den Kompass, den könnte ich erfinden – man braucht ja bloß an der Nadel zu reiben. Dann könnten alle nach Süden gehen und von den Gletschern wegkommen.«

»Als Erstes musst du eine Zeitmaschine erfinden«, sage ich. »Damit du dorthin zurückgehen kannst, um diesen Höhlenmenschen was von Kanalisation vorzupredigen.«

Freak sagt: »Wenn man sich richtig zu erinnern weiß, braucht man keine Zeitmaschine.«

Ich jedenfalls werde mich immer daran erinnern, wie er das sagte und wie ich daraus schlau zu werden versuchte.

158   Zwei Tage nach dem Ende der Schule hat Freak Geburtstag, und die schöne Gwen hat bereits klargestellt, dass er keinen Flug mit dem Space Shuttle geschenkt bekommt.

»Zum Dreizehnten sollte man schon etwas ganz Besonderes bekommen«, sagt er. »Du könntest mich wenigstens auf die Warteliste eintragen lassen. Oder wie wäre es mit einem Linearbeschleuniger? Ein kleiner würde schon reichen, damit ich ein paar Atome spalten kann.«

Die schöne Gwen sagt: »Sieht so aus, als ob du ein unangenehmer Teenager werden würdest.«

Eigentlich gibt es an diesem Tag sogar zwei Geburtstage zu feiern, denn Freak der Starke ist fast genau ein Jahr alt.

»Apropos Wunderkind«, sagt Freak. »Ein Jahr alt, und schon auf dem Weg in die neunte Klasse.«

Die schöne Gwen verdreht immer die Augen, wenn wir so reden. Freak sagt, wir können nicht erwarten, dass sie das versteht, denn nur Freak der Starke *selbst* kann verstehen, was es bedeutet, Freak der Starke zu sein.

Jedenfalls findet die Party nur im Kreis der Familie statt, weil Freak sich nicht zu sehr aufregen soll. Genauso gut könnte man verlangen, dass der Mond sich nicht um die Erde drehen soll.

»Voriges Jahr habe ich den Ornithopter bekommen«, sagt er. »Warum dann nicht dieses Jahr einen Helikopter? Einen echten natürlich, oder meinst du, ein Teenager gibt sich noch mit Spielzeug ab?«

»Warum nicht ein Flugzeug?«, fragt Gwen.

»Cool«, sagt Freak. »Einen Düsenjäger.«

In Wirklichkeit bekommt er – ich musste schwören, es ihm nicht zu verraten – einen neuen Computer, ein Modell, das er oft und sehnsüchtig in seinen Computerzeitschriften angestarrt hatte. Es ist mit einem Modem ausgestattet, sodass er, wenn er aus irgendwelchen Gründen zu Hause bleiben muss, sozusagen per Telefon zur

Schule gehen kann. Wobei ich dann mit einem passenden Computer im Klassenzimmer sitzen würde. Die Sache hat nur einen Haken: Ich habe von Computern keinen Schimmer.

»Das kannst du lernen«, sagt die schöne Gwen. »Kevin bringt es dir bei.«

»Aber warum könnte er denn zu Hause bleiben müssen?«, frage ich sie.

Wir sind in der Küche, sie und Gram machen Zuckerguss für den Kuchen, und Freak hängt im Wohnzimmer rum und tut so, als ob er vorhat, für den Rest seines Lebens jeden Tag eine Party zu feiern.

»Vielleicht muss er ja nicht zu Hause bleiben«, sagt die schöne Gwen, und sie und Gram tauschen heimlich einen kurzen Blick aus, wie Mütter es manchmal tun. »Nur für alle Fälle, Max.«

»Es könnte sein, dass er das mit dem Computer schon erraten hat«, sage ich. »Vielleicht hat er dich deswegen mit dem Space Shuttle und dem Düsenjäger so aufgezogen.«

»Das würde mich nicht wundern«, sagt die schöne Gwen. »Man kann vor Kevin nichts geheim halten.«

Freak rührt das Essen kaum an, er sagt, er will sich den Hunger für den Kuchen aufsparen; schließlich sind wir mit dem Essen fertig, alle, bis auf Grim, der sich dauernd den Bauch reibt und schwärmerisch die Augen verdreht und der schönen Gwen erklärt, was für ein wunderbares Mahl sie aus Lachs und frischen Erbsen und jungen Kartoffeln zaubern könne, und er möchte noch ein kleines bisschen mehr, danke, bis schließlich Gram sich räuspert und ihn anlächelt und Grim sich dafür entschuldigen muss, dass er so verfressen ist.

Das Komische dabei ist – als der Kuchen endlich aufgetragen wird, bittet mich Freak, ich soll die Kerzen ausblasen, während er sich etwas wünscht, und dann rührt er sein Stück gar nicht an, sondern schiebt es bloß auf dem Teller herum. Ich nehme an, die Vorfreude auf den neuen Computer ist ihm auf den Magen geschlagen. Nicht dass er sich anmerken lässt, dass es ihm nicht gut geht; er benimmt sich so klug und aufgeräumt wie immer.

»Ich hätte mir Ohrstöpsel wünschen sollen«, sagt er, nachdem wir »Happy Birthday« gesungen haben. »Seht lieber mal nach, ob die Gläser Sprünge gekriegt haben.«

»Sei still«, sagt die schöne Gwen, »sonst singen wir noch eine Strophe.«

Als sie den Computer hereinbringt, wirkt er so erstaunt und glücklich, dass er vielleicht *wirklich* überrascht ist. Er will ihn sofort anschalten und uns vorführen, was für ein Genie er ist, und da es nun einmal sein Geburtstag ist, müssen wir uns dazusetzen und ihn bewundern und »Erstaunlich!« und »Fantastisch!« rufen und »Kevin, woher weißt du das alles nur?« und so weiter.

Dann zeigt er Grim, wie man 3-D-Schach spielt; mir wird schon vom Zusehen schwindlig, und deshalb gehe ich nach einer Weile in die Küche und helfe beim Abwasch, und darin bin *ich* ziemlich gut.

»Maxwell zerbricht nie etwas«, sagt Gram. »Dafür, dass er so groß ist, hat er eine sehr sichere Hand.«

Wir sind fast fertig mit Einräumen und wischen schon die Spüle ab, als wir nebenan Grim rufen hören.

Wir hören nur: »Kevin!«, wissen aber sofort, dass da was nicht stimmt.

Wir laufen rüber, und da liegt Freak auf dem Sessel, er

keucht und stöhnt in kurzen schnellen Stößen, und seine Augenlider flattern.

»Er hat einen Anfall«, sagt Grim. »Ruft einen Krankenwagen.«

Die schöne Gwen ist schon am Telefon.

Ich renne auf die Straße und winke und springe herum, damit sie wissen, wo sie halten sollen, und zwischendurch renne ich immer wieder ins Haus, um zu sehen, was mit ihm los ist, aber die schöne Gwen sagt, uns bleibt nichts anderes übrig als zu warten.

KAPITEL 23

DAS LEERE BUCH

Am ersten Tag darf ich ihn nicht besuchen, und Gram sagt, ich soll mich gedulden und die Ärzte ihre Arbeit tun lassen, aber ich halte es nicht aus, einfach nur herumzusitzen, und beschließe zum Krankenhaus zu gehen. Grim sagt, das ist ein sehr weiter Weg, aber ich ziehe trotzdem los.

Ich kenne den Weg, weil Freak mich ja schon einmal dorthin geführt hat, um mir die medizinische Forschungsanstalt zu zeigen. Aber ohne Freak, der Häuser in Schlösser und Swimmingpools in Burggräben verwandeln kann, kommt mir der Weg ganz anders vor.

Ich denke die ganze Zeit nur: Was für ein Mist, wenn man an seinem Geburtstag ins Krankenhaus muss.

Als ich endlich ankomme, sehe ich das Auto der schönen Gwen auf dem Besucherparkplatz, aber Grim hat gesagt, ich soll sie nicht stören und sich in Ruhe um ihren Sohn kümmern lassen, also gehe ich zur Rückseite des medizinischen Forschungsgebäudes und setze mich unter einen dürren kleinen Baum.

163

Ich habe den alten Ornithopter-Vogel mitgenommen, den ziehe ich auf und lasse ihn herumfliegen. Vielleicht blickt Freak ja zufällig mal aus dem Fenster und sieht ihn vorbeiflattern, denke ich mir, und ich sitze so lange unter diesem struppigen Bäumchen und spiele mit dem Vogel herum, bis jemand mit einem Rasenmäher kommt und mich von dort vertreibt. Ich gehe wieder zum Vordereingang, und da endlich findet mich die schöne Gwen.

»Maxwell!«, sagt sie und nimmt mich ganz fest in die Arme. Ich merke, sie hat geweint. »Max, wir haben dich überall gesucht. Kevin möchte dich sehen. Er macht ein Riesentheater deswegen, und Dr. Spivak sagt, du darfst kommen, aber nur für ein paar Minuten.«

Die schöne Gwen nimmt mich jedenfalls mit, und ich denke, unser Ziel ist diese medizinische Forschungsabteilung, aber wir gehen nur in das normale Krankenhaus.

»Er ist auf der Intensivstation«, sagt sie.

»Da wird er also richtig gut versorgt?«

»Die Ärzte tun ihr Bestes, Max«, sagt sie.

Auf der Intensivstation laufen so viele Krankenschwestern herum, dass man sich kaum umdrehen kann, ohne eine anzurempeln, und kaum sind wir da, stoße ich auch schon mit einer zusammen. Jeder Patient hat ein Zimmer für sich allein, und es wimmelt nur so von elektronischen Apparaten, die, wie die schöne Gwen mir erklärt, mit »Telemetrie« arbeiten, was bedeutet, dass, wenn Freak niest, die Schwestern es schon wissen, bevor er sich die Nase putzen kann.

164 Ich habe kein bisschen Angst, bis ich sein Zimmer betrete und sehe, wie winzig er auf dem Bett aussieht. Er liegt halb aufgerichtet, und überall gehen ihm Schläuche

in die Arme und in die Nase, und Dr. Spivak passt auf ihn auf und lässt mich nicht zu nahe an ihn heran.

»Ich finde zwar, er sollte fürs Erste keinen Besuch empfangen«, sagt Dr. Spivak. »Aber niemand kann Kevin etwas abschlagen.«

Dr. Spivak ist eine kleine Frau mit kurzen roten Haaren und einem strengen Gesicht, und es kommt mir vor, als ob sie wütend ist, weil Freak mich sehen will oder weil sie befürchtet, ich könnte ihre kostbaren Apparate kaputtmachen.

»Das ist alles«, sagt Freak zu ihr. »Sie können wegtreten.«

Seine Stimme klingt komisch. Nicht bloß schwach und matt, sondern irgendwie pfeifend. Erst als ich näher komme, sehe ich den unheimlichen Plastikknopf, den er im Hals stecken hat.

»Das nennt man eine Tracheotomie«, sagt er, und als er einen Finger an den Knopf hält, hört das Pfeifgeräusch wieder auf. »Ist ein Standardverfahren zur Erleichterung des Atmens.«

»Tut es weh?«

»Überhaupt nicht«, sagt er. »Ist doch cool. Hör dir das mal an.«

Dann spielt er mit dem Finger irgendwie an dem Knopf herum, und aus seinem Kehlkopf kommt ein Pfeifen, fast wie eine Melodie; er sagt, das sei die Titelmusik von *Star Trek*, aber man kann es kaum erkennen.

»Und wann kommst du nach Hause?«, frage ich.

Freak kann sich kaum bewegen, so wie sie ihn da aufs Bett gepackt haben, und deshalb schüttelt er nicht den Kopf, sondern bewegt nur die Augen hin und her. »Ich komme nicht mehr nach Hause«, sagt er. »Jedenfalls nicht in meiner gegenwärtigen Materialisation.«

Ich sage: »Was?«

»Die bionische Forschungsgruppe ist in Alarmbereitschaft«, sagt er. »Heute Abend werde ich für die Spezialoperation dort hingebracht. Wenn du mich das nächste Mal siehst, bin ich ein neuer Mensch.«

»Ich habe Angst«, sage ich.

»Hör auf zu spinnen«, sagt er. »Schließlich werde ich operiert und nicht du.«

»Mir ist das trotzdem nicht recht.«

»Fang bloß nicht an mit mir zu streiten«, sagt er.

Ich muss mich dicht über ihn beugen, weil seine Stimme so schwach und leise ist.

Er sagt: »Wenn du mit mir streitest, rege ich mich auf, und das können sie an der Telemetrie ablesen. Und dann kriegst du Ärger.«

Also stehe ich bloß da wie ein Klotz und sage eine Weile gar nichts. Ich lege den Ornithopter ans Fußende des Betts, aber ich glaube, er merkt es nicht.

»Siehst du das Buch auf dem Tisch?«, fragt er.

Er kann nicht hinzeigen, aber ich sehe das Buch auf dem Tisch.

»Schlag es auf«, sagt er.

Das Buch erinnert mich an das Wörterbuch, das er mir zu Weihnachten geschenkt hat; aber als ich es aufschlage, sind alle Seiten leer.

»Das ist für dich«, sagt er. »Ich möchte, dass du es mit unseren Abenteuern füllst.«

166

»Hä?«

»Du sollst das aufschreiben, du Blödmann. Eigentlich

wollte ich das machen, aber jetzt werde ich mich wohl erst einmal an meinen neuen bionischen Körper gewöhnen müssen. Wahrscheinlich werde ich Wochen brauchen, um überhaupt zu lernen, mit langen Beinen zu gehen.«

Ich lege das Buch wieder hin.

»Du hast das Gehirn«, sage ich. »Ich habe die langen Beine.«

»Reg mich nicht auf«, ermahnt er mich. »Ich werde keine Zeit dafür haben, also wirst du das eben machen müssen. Schreib einfach alles auf, so als ob du's irgendwem erzählen würdest. Du weißt schon, der Spaß, den wir hatten, die coolen Sachen, die wir getan haben. Unsere Abenteuer.«

»Aber du weißt das doch, ich *kann* nicht schreiben, Kevin.«

»Es ist alles in deinem Kopf, Max, alles, woran du dich erinnern kannst. Erzähl einfach die Geschichte von Freak dem Starken, ist doch nichts dabei.«

Ich nehme das Buch wieder an mich, sage aber nichts mehr davon, dass es aussichtslos ist, dass ich nicht schreiben kann, weil ich fürchte, damit diese Telemetrie auszulösen. Das tut er dann ungefähr eine Minute später selbst, als er zu husten anfängt, und bevor ich irgendetwas sagen kann, wimmelt es in dem Zimmer plötzlich von Krankenschwestern, und Dr. Spivak sagt mir, dass ich jetzt gehen muss.

»Und zwar auf der Stelle, junger Mann. Stör uns nicht bei der Arbeit.«

Sie lassen uns vor der Intensivstation warten, mich und die schöne Gwen, die am Fenster steht und stumm die Hände ringt, und dann kommen sie schließlich raus und sagen, es geht ihm gut, es war nur ein Anfall, sie haben ihn stabilisiert.

Etwas später kommt Gram ins Krankenhaus und fährt mich nach Hause. Beim Abendessen reden wir alle nicht viel, nur einmal macht Grim seinen großen Mund auf und sagt: »Die arme Gwen macht bestimmt Schreckliches durch.«

Ich sage: »Die arme Gwen? Schließlich wird er operiert und nicht sie.«

Grim und Gram sehen sich an, als könnten sie nicht glauben, dass ich so dumm sein kann, und schließlich sagt Gram: »Maxwell, mein Junge, sei so gut und iss dein Gemüse auf.«

Am Abend lege ich das leere Buch in die Pyramidenschachtel, zur Sicherheit und als Glücksbringer.

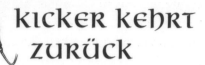

kicker kehrt zurück

Das Problem ist nur, ich soll die Leute im Krankenhaus nicht bei der Arbeit stören. Als ob meine bloße Anwesenheit da alles durcheinander bringen würde. Bei mir zu Hause glauben sie, dass man nichts anderes tun kann als den Mund halten und warten, und das macht mich noch ganz verrückt.

Also schleiche ich mich ganz früh am nächsten Morgen, als Grim noch laut genug schnarcht, dass die Fensterscheiben zittern, aus dem Haus. Es muss doch zu schaffen sein, dass ich kurz mal nachsehe, wie es Freak geht, und rechtzeitig zum Frühstück wieder zurück bin. Kinderspiel.

Aber es kommt anders, um das Mindeste zu sagen.

Hinter dem Mühlteich geht gerade die Sonne auf, über dem Wasser hängt ein unheimlicher Nebel. Die Frösche machen ihren Radau unter den Blättern der Seerosen, die Moskitos schwirren einem wie Geschosse um die Ohren, und ich fange um mich schlagend zu laufen an, bis ich diesen stinkigen Teich endlich hinter mir habe.

169

Und dann laufe ich weiter, als ob mir die Sonne auf den Fersen ist, ich renne hinter meinem langen dünnen Schatten her, der vor mir flieht und den ich niemals einholen kann.

Ich denke nur mit den Füßen, der Rest meines Körpers scheint noch zu schlafen.

Nicht dass ich völlig allein wäre. Einmal sehe ich einen alten Mann, der auf einem Minitraktor mit Scheinwerfern sitzt und seinen Rasen mäht, und auch er hat einen Schlafanzug an, als ob das normal ist, als ob jeder so rumläuft.

Als ich beim Krankenhaus ankomme, gehen gerade die Straßenlaternen aus. Die Eingangshalle ist leer, niemand ist da und sagt mir, dass ich so früh am Morgen keine Patienten besuchen darf.

Auf der Intensivstation wimmelt es von Krankenschwestern, und die sehen mich natürlich. Eine kommt sofort aus dem Telemetrie-Zimmer gerannt, sie hat die Hand vorm Mund, und ich denke, sie will damit andeuten, dass ich den Mund halten soll, obwohl ich noch gar nichts gesagt habe.

Aber sie sagt mir nicht, dass ich still sein soll. Sie sagt: »Oh mein Gott, du musst Maxwell sein«, dabei hat sie mich noch nie im Leben gesehen.

Ich frage: »Ist Kevin wieder zurück?«

»Oh Gott, oh Gott«, sagt sie.

»Wird er wieder gesund?«

»Oh Gott«, sagt sie. »Oh Gott.«

Jetzt kommen noch mehr Schwestern aus der Intensivstation. Eine von ihnen kenne ich. Es ist die, mit der ich gestern zusammengestoßen bin, und als sie mich sieht, sagt sie: »Wir sollten Dr. Spivak rufen. Kevin war *ihr* Patient.«

Und da fällt mir auf, dass einige der Schwestern weinen und mich ganz seltsam ansehen, und plötzlich raste ich aus.

Ich raste aus.

Ich schreie »Nein! Nein!«, und als eine Schwester mich in die Arme nehmen will, stoße ich sie weg.

Dann renne ich den Korridor hinunter und fühle mich wieder wie Kicker, ich werde jeden zusammenschlagen, der es wagt mich anzurühren, und ich renne immer weiter, schlittere um Ecken und stoße an Wände, und keiner kann mich anrühren, selbst wenn jemand den Mut hätte, es zu versuchen, ich renne einfach immer weiter, bis ich zu der Glastür komme, auf der steht:

MEDIZINISCHE FORSCHUNG.

Die Tür ist verschlossen, drinnen ist es dunkel.

Hinter mir höre ich Leute nach dem Wachdienst rufen, und schnell schlage ich mit der Faust die Scheibe ein, zwänge mich durch die Öffnung und laufe über die Scherben durch die Finsternis, bis mir wieder eine Tür den Weg versperrt.

KEIN ZUTRITT

Aber diese Tür ist nicht aus Glas, sondern so massiv, dass ich sie nicht einfach einschlagen kann, und ich trete und hämmere immer noch dagegen, als die Krankenhauswächter mich endlich einholen.

Ein paar von ihnen stürzen sich auf mich, ich springe zur Seite und renne im Kreis wie ein Versehen der Natur, aber dann sind es so viele, dass sie mich endlich doch überwältigen können.

Ich liege am Boden, sie sitzen auf mir und fesseln mich mit Handschellen an Händen und Füßen und sagen: »Wir müssen ihn ruhig stellen«, und ein anderer Wachmann fragt: »Womit denn, mit einem Elefantengewehr?«

Und so findet mich Dr. Spivak: unter einem Berg von Wachmännern. Ich sehe ihr besorgtes Gesicht. Ihre Augen sind ganz rot und verwischt. »Es tut mir so Leid, Max«, sagt sie. »Wir haben alles versucht. Und jetzt lass mich deine Hand verbinden, du blutest ja.«

»Er hat Ihnen geglaubt«, sage ich. »Sie haben ihm erzählt, sie könnten ihm einen neuen Körper geben, und er hat Ihnen geglaubt.«

»Wovon redest du?«

»Von der Spezialoperation«, sage ich. »Von der bionischen Forschungsgruppe.«

Dr. Spivak sagt den Wachmännern, sie sollen mich aufstehen lassen, sie würde die Verantwortung übernehmen, aber die Handschellen wollen sie mir vorsichtshalber doch nicht abnehmen, und der Wachmann, der eben was von einem Elefantengewehr gesagt hat, zieht seinen Gummiknüppel, den er bestimmt gebrauchen wird, wenn ich die kleinste Bewegung mache.

Dr. Spivak stöhnt: »Könnte mir bitte jemand einen Kaffee bringen?«, und dann sieht sie mich an und sagt: »Erzähl mir alles, von Anfang an.«

Während sie mir dann die Hand verbindet, erzähle ich ihr, dass Freak alle paar Monate in das medizinische Forschungslabor gegangen ist, um sich einen neuen bionischen Körper anpassen zu lassen, und dabei wird Dr. Spivaks Gesicht immer freundlicher, und schließlich nickt sie und sagt: »Jetzt wird mir manches klar.«

»Das war alles gelogen, oder?«, sage ich. »Sie haben ihm das alles bloß erzählt, damit er nicht so viel Angst hat, stimmt's«

»Glaubst du das wirklich, Maxwell? Du weißt doch selbst, dass man Kevin nichts vormachen konnte. Einmal, als er sieben Jahre alt war, habe ich versucht, ihm etwas vorzuflunkern, weil ich dachte, ein Kind könnte die ganze Wahrheit nicht verkraften. Und weißt du, was er getan hat? Er hat seine Krankheit in einem medizinischen Wörterbuch nachgeschlagen.«

Jetzt weiß ich, dass sie die Wahrheit sagt. Freak und sein Wörterbuch.

»Kevin hat bereits mit sehr jungen Jahren gewusst, dass er nicht lange zu leben hat«, sagt sie. »Er hat gewusst, dass es nur eine Frage der Zeit ist.«

»Das heißt, seine Geschichte von dem Roboterkörper war gelogen?«

Dr. Spivak schüttelt den Kopf. »Ich denke nicht, dass man das eine Lüge nennen kann, Maxwell. Ich glaube, er hat etwas gebraucht, woran er sich festhalten konnte, und deshalb hat er diese ziemlich bemerkenswerte Geschichte erfunden. Jeder Mensch braucht eine Hoffnung. Das darfst du nicht Lüge nennen. Kevin war kein Lügner.«

»Nein«, sage ich. »Aber was ist denn nun wirklich mit ihm passiert?«

»Ich könnte dir die ganzen medizinischen Fachausdrücke aufzählen«, sagt sie. »Jedenfalls läuft es darauf hinaus, dass sein Herz einfach zu groß für seinen Körper geworden ist.«

173

Die anderen diskutierten, ob sie mich wegen der Randaliererei im Krankenhaus festnehmen sollten – der Wachmann mit dem Gummiknüppel war dafür –, aber als dann Grim kam, ließen sie mich mit ihm gehen.

Auf dem Heimweg fragt er: »Möchtest du darüber sprechen?«

»Lass mich erst mal in Ruhe«, sage ich.

»In Ordnung«, sagt er.

KAPITEL 25

NICHTS IST DOCH LANGWEILIG

Das war vor einem Jahr.

Ich verkroch mich tagelang hinter verschlossener Tür in der Unterwelt, ich ging nicht zur Beerdigung und bekam auch nicht mit, dass die schöne Gwen fortzog. Gram erzählte mir später, Gwen hätte es ohne Kevin nicht mehr in ihrem Haus ausgehalten, und wer könnte ihr daraus einen Vorwurf machen?

Grim drohte mein Türschloss aufzuschrauben, aber er tat es nicht, er bat nur immer wieder, ich sollte Gram zuliebe herauskommen, und manchmal kam auch sie nach unten und sagte, ich sollte Grim zuliebe herauskommen, und so weiter und so fort, bis ich schließlich aufgab und mein Zimmer verließ.

Ich weiß nicht, ob ihr das nachvollziehen könnt, aber ich habe mich lange Zeit wie ein Luftballon gefühlt, dem man die Luft rausgelassen hatte. Es war mir egal, ob man mich jemals wieder aufpumpen würde, denn was soll das Ganze eigentlich, wenn wir am Ende sowieso alle sterben müssen?

Jedenfalls war ich entsetzlich niedergeschlagen und habe mir selbst sehr Leid getan. Grim versuchte mir zu erklären, dass es nicht darum geht, wie lange man zu leben hat, sondern darum, was man mit der Zeit anfängt, die einem bleibt; aber solche Sprüche kamen mir nach Freaks Tod so lahm und armselig vor.

Einen Tag vor Beginn des neuen Schuljahrs hänge ich trübsinnig im Garten herum und denke wieder einmal, wie sinnlos und blöd das alles war, als Grim zu mir kommt und sagt: »Ist dir klar, dass die meisten von uns in ihrem ganzen Leben nie einen Freund wie Kevin haben? Eigentlich solltest du froh und glücklich sein.«

»So ein Quatsch«, sage ich.

»Wie du meinst«, sagt er. »Aber eins wollen wir mal klarstellen. Du gehst wieder zur Schule, und wenn ich ein Seil an die Stoßstange binden und dich dort hinschleifen muss. Ist das klar?«

Ich gehorchte und ging, aber es war schrecklich, und am schrecklichsten war das Mitleid, mit dem die anderen mich dauernd überschütteten, als ob nicht er sondern ich gestorben war.

Einmal kam sogar Tony D. zu mir und sagte, er würde das alles sehr bedauern, und ich merkte, es war ihm wirklich ernst damit; trotzdem habe ich ihn angeschnauzt, wenn er mir noch ein einziges Mal mit seinem Bedauern käme, würde ich ihn kopfüber in den Mühlteich stecken und wie einen Zaunpfahl in den Schlamm hämmern. Damit war unsere Feindschaft erneuert, und so wollte ich es auch haben.

176   Wenig später – inzwischen hatten wir Winter – traf ich Loretta Lee auf der Straße. Sie trug immer noch dieses

Stützkorsett um den Hals und hatte eine starke Schnapsfahne – aber soll man vielleicht ein Wunder erwarten, nur weil sie einmal für wenige Minuten den Kopf verloren und etwas Gutes getan hat?

Als Loretta mich sieht, sagt sie jedenfalls: »Hast du schon von Gwen gehört? Sie lebt jetzt in Kalifornien und hat einen neuen Freund. Er heißt Rick, und die beiden sind schwer verliebt. Freut dich das nicht?«

»Doch, ich glaub schon.«

»Du könntest ruhig etwas begeisterter sein«, sagt sie. »Und was treibst du so heutzutage?«

»Nichts.«

Sie sieht mich lange an, und sagt schließlich: »Nichts ist doch langweilig, Junge. Denk mal drüber nach.«

Ich habe auf dem ganzen Heimweg darüber nachgedacht.

Am Abend dieses Tages zog ich die Pyramidenschachtel unter meinem Bett hervor und nahm das leere Buch heraus, und dann saß ich da und dachte, soll das ein Witz sein, Maxwell Kane, du hast doch gar kein Gehirn, und das ist die Wahrheit, die reine Wahrheit, die unbezwungene Wahrheit, wie Freak das genannt hätte.

Und dann fing ich an, diese Sache mit der unbezwungenen Wahrheit aufzuschreiben, und schrieb dann immer weiter, monatelang, bis der Frühling kam und die Welt wirklich und wahrhaftig wieder grün war. Inzwischen, nachdem ich mit der Geschichte ans Ende gelangt bin, macht es mir nichts mehr aus, mich an bestimmte Dinge zu erinnern. Und jetzt, da ich ein Buch geschrieben habe, wer weiß, lese ich vielleicht auch mal selber welche.

Ist doch nichts dabei.

FREAKS WÖRTERBUCH

A

ABAKUS Computer mit Fingerbetrieb

ABHEBEN geschieht, wenn man ein Buch aufschlägt

ABSZISSE die horizontale Wahrheit

ALGORITHMUS Mathe mit Rock-'n'-Roll-Rhythmus

ALLEGORIE eine Art von Geschichte, die ziemlich alle ist

ARCHETYP was Max sieht, wenn er von Architekten träumt

ARITHMETIK Erfinden mit Zahlen

B

BEZWINGEN   im Kampf obsiegen, vorzugsweise mit Drachen

BIBLIOTHEK   wo das Wahrheitsserum
und die fliegenden Teppiche
aufbewahrt werden

BIONIK   Methode zur Verbesserung
der menschlichen Lebens-
bedingungen

BLÖDMANN   jemand, der einen Hotdog
durch die Nase husten kann

BRAMARBASIEREN

heiße Luft in Form von
Wörtern ausstoßen

BUCH   Wahrheitsdroge mit vier
Buchstaben

C

CAMOUFLAGE   wie ein Kamel sich in der
Wüste unsichtbar macht

D

DICKE LÜGE   selig sind die Ahnungslosen

DYADE   ein anderer Ausdruck für Max und Kevin

DYN   Einheit der Kraft, erteilt der Masse von einem Gramm die Beschleunigung von einem Zentimeter pro Sekundenquadrat

E

EINHORN   ein Pferd mit Spitze

ERDFERKEL   komisch aussehendes Tier, das Ameisen frisst

ERG   Einheit der Kraft, entspricht einem Dyn pro Zentimeter

ESSEN   Treibstoff für Menschen, vorzugsweise Junk oder UFO

EXCALIBUR   ein Schwert mit magischen Kräften

F

FORMICIDAE Insekten, die in Kevins Hosen nie zu finden waren

FORNAX cooler Name eines Sternbildes

G

GALAHAD Sohn von Lancelot, hat den Heiligen Gral gefunden

GEHIRN ein Muskel, der sich trainieren lässt

GRAM weibliche Lichtgestalt

GRIM ein Gentleman der alten Schule, bevor man die abgerissen hat

H

HAFERSCHLEIM alles, wovon man noch mehr möchte

HAIKU Verseschmiedekunst / mit quantenmechanischen / Mitteln ohne Sinn

HALSSTARRIG Kevin, wenn er weiß, dass er Recht hat

HAMMERHAI ein Alleswisser

HERRENAUSSTATTER
jemand, der vom Winde verwehten Hüten nachläuft

HIEROGLYPHEN Max' Handschrift

HOPPLAHOPP aber plötzlich

HORIZONT ein Ort, der immer hinterm Horizont liegt

I

IAPETUS Saturnmond mit coolem Namen

ICHTHYOLOGIE die Lehre von ekligen Nahrungsmitteln, insbesondere Fisch

IDEE ein Samen, den man sich in den Kopf pflanzt

IDIOT böses Schimpfwort für Max, wenn er schlecht gelaunt ist

IKARUS jemand mit hochfliegenden Plänen

INTERGALAKTISCH nicht von dieser Welt

J

JOULE Maßeinheit der Energie, entspricht 10 Millionen Erg

JURASSISCH cool, erste Sahne; wozu die schöne Gwen »irre« sagt

K

KÄHNE so große Schuhe, dass sie sogar Maxwell Kane passen

KALIUMCHLORAT das Zischen einer Rakete

KALIUMNITRAT das Knallen einer Rakete

KAZOO weder Tier noch Tierpark

KEVIN eine Maßeinheit, entspricht 70 Zentimetern

KINETIK	Lehre von den Bewegungen unterhalb der Unterlippe
KONFUSIONIEREN	ein unnötig verwirrender Ausdruck für unnötig ver-wirren
KRETIN	ein anderer Name für Klinge
KRONLEUCHTER	eine tolle Idee
KUBIKFUSS	Max' Schuhgröße

L

LAGUNE	französische Gangsterbraut
LANCELOT	König Artus' tapferster Ritter
LESEN	sich in Bücher beamen
LEXIKOGRAPHIE	von Webster erfunden, von Kevin zur Perfektion gebracht
LIMERICK	Ein langer Lulatsch namens Max / und sein Kumpel, schlau wie ein Dachs, / eroberten die Welt / ganz ohne viel Geld / und hatten auch sonst keinen Knacks.

| LOYALITÄT | Treue, wird gelobt |

M

MAGNESIUM	das weiße Funkeln einer Rakete
MASSIVE	dumme Fettsäcke, die glauben, dass das Fernsehen die Wahrheit sagt
MATHE	man hat nichts zu fürchten als Mathe allein
MAX	Maßeinheit, entspricht 190 Zentimetern und wächst noch
MENSCH	ein unwahrscheinliches, unvollkommenes Lebewesen
MEPHITISCH	Turnschuhparfüm
MYRIADEN	Abermillionen

N

| NANOSEKUNDE | eine milliardstel Sekunde |
| NEANDERTALER | waren wir alle bis zur Erfindung der Kanalisation |

NIKOTIN	toxische Zeitverschwendung
NONILLION	eine Million Oktillionen

O

ORNITHOPTER	starkes Wort für mechanischer Vogel

P

PATZEN	einen dummen Fehler machen
PEPP	das Zisch in der Orange
PARCIVAL	ein Ritter, der den Heiligen Gral gesehen hat
PHYSIK	dreht sich um Energie und Materie
PICKEL	pubertäre Hautblüte, nicht zu verwechseln mit jugendlichem Aufblühen
POSTULIEREN	so tun, als ob man was annimmt

PRIMORDIAL

die guten alten Zeiten betreffend

PRIMORDIALES GESÜLZE

langweiliges Gerede von den guten alten Zeiten

Q

QUADRILLION

mehr als eine Trillion, weniger als eine Quintillion

QUANTISCH

mehr als genug; vgl. »quantische Mengen Karotten«

QUANTUM

imaginäre Menge unmöglicher Zahlen

QUINTILLION

mehr als eine Quadrillion, weniger als eine Sextillion

R

RELATIVITÄT

Lehre von den Beziehungskisten

RITTER

reimt sich auf bitter und fitter und Gewitter

ROBOTER	mechanisches Gebilde, manchmal mit menschlichen Eigenschaften ausgestattet
ROBOTIK	die Wissenschaft vom Entwerfen und Bauen von Robotern
ROTZLÖFFEL	kleine Kinder, die einen auf die Palme bringen, auch Teppichratten genannt
RÜSTUNG	roboterhafter Anzug, in alten Zeiten von Rittern getragen

S

SCHRECK	sagt Grim, wenn er überrascht ist
SCHREIBEN	Erzählen auf Papier
SEISMISCH	so aufregend, dass man bebt
SEPTILLION	eine Million Sextillionen
SPASTISCH	wie die schöne Gwen redet, wenn sie nervös ist
SPITZENMÄSSIG	nennt die schöne Gwen alles, was cool ist

SPUCKE auch Speichel genannt; wie Blut ohne das Rot

STRONTIUMNITRAT das Blau einer Rakete

SUCHE ein Abenteuer, bei dem man seine Fantasie gebrauchen muss

T

TAFELRUNDE wo König Artus und seine Leute tafeln

TELEMETRIE wenn man Krankenschwestern durch Niesen aufschreckt

TELEVISION Opium der Massiven

TELLURER ein anderes Wort für Erdling

TRACHEOTOMIE tolle Methode, die Filmmusik von *Star Trek* zu pfeifen

TRALALA sagt Grim, wenn er »Unsinn« meint

TRÄNENSEKRETION feuchte Gefühlsäußerung

TROGLODYT jemand, der Bücher nicht ausstehen kann

U

UFOLOGIE siehe unter ESSEN; die Lehre von Unbekannten Frittierten Objekten

UNTERWELT fernes Land in Maxwells Keller

V

VERDAUUNGSKANAL

von Sherlock Holmes gegenüber Dr. Watson geäußerte Vermutung, wohin das Essen verschwunden sei

VERHALTEN je verhaltener dein Gesicht, desto schlimmer dein Verhalten

VISKOS dickflüssig

VULKANISCH zu heiß zum Essen